# 傑作！名手達が描いた小説
# 「蔦屋重三郎と仲間たち」

井上ひさし
風野真知雄
国枝史郎
今 東光
笹沢左保
久生十蘭

# 町人文化全盛を築いた天才プロデューサー蔦屋重三郎とその仲間たち

**蔦屋重三郎**（つたやじゅうざぶろう）

1750（寛延3）年、新吉原に生まれる。父母は丸山重助、津与。幼いころに吉原の茶屋「蔦屋」を営む喜多川家の養子となる。本名は喜多川柯理《からまる》。1773（安永2）年に吉原大門《おおもん》の前に書店を開き、翌年には鱗形屋孫兵衛《うろこがたやまごべえ》に独占されていた「吉原細見」を販売。この「吉原細見」の序文には平賀源内が起用され話題となった。書店の経営が軌道に乗ると、親交の深かった大田南畝や山東京伝らと狂歌本や黄表紙などを次々に刊行し、商売を広げた。しかし1790（寛政2）年に松平定信の寛政の改革の一つである「出版統制令」が発令され、山東京伝が手鎖五十日の刑を受け、版元であった蔦屋も財産半減の処罰を受ける。その後商売の規模を縮小するも、喜多川歌麿、東洲斎写楽、葛飾北斎など、名だたる絵師の作品を世に出した。また、この時期には曲亭馬琴や十返舎一九が店を手伝っていた。1797（寛政9）年、脚気により死去。

目次

【底本一覧】

井上ひさし「京伝店の烟草入れ」(『京伝店の烟草入れ』講談社文芸文庫)
風野真知雄「うなぎ屋のおつら」(『恋の川、春の町』KADOKAWA)
笹沢佐保「酔った養女」(『玄白歌麿捕物帳』光文社時代小説文庫)
国枝史郎「戯作者」(『国枝史郎伝奇全集　巻五』未知谷)
今東光「北斎秘画」(『北斎秘画』徳間文庫)
久生十蘭「萩寺の女」(『平賀源内捕物帳』朝日文芸文庫)

※本書に収録した作品には、今日の観点からすると不適切な用語・表現が含まれている場合があります。しかしながら、作品が書かれた時代背景などを考慮し、また、著者が差別的な意図をもって使用したのではないと判断し、発表時のままとしました。

(編集部)

恋川春町

# 恋の川、春の町

# うなぎ屋のおつら

風野真知雄

登場人物：**恋川春町**（こいかわ　はるまち）

1744（延享元）年生まれ。父親は紀伊藩士の桑島勝義。1763（宝暦13）年に召しだされて小島藩士となり、その後順調に出世を続け、1776（安永5）年には取次兼留守居添役となる。藩政の中枢に関わる一方で、若いころに鳥山石燕の下で浮世絵を学んだ腕を活かし自画自作の黄表紙を多数発表している。代表作である1775（安永4）年に出版した「金々先生栄華夢」は式亭三馬に絶賛され、黄表紙という言葉が誕生するきっかけにもなった。1789（寛政元）年に刊行された「鸚鵡返文武二道」が松平定信の文武奨励策を風刺するものとされ、幕府の呼び出しを受けるが、招集には応じず隠居し、同年の7月7日死去。

---

**風野真知雄**（かぜの　まちお）

1951（昭和26）年、福島県須賀川市生まれ。フリーライターとして活動の後、1992（平成4）年に「黒牛と妖怪」で第17回歴史文学賞を受賞し小説家デビュー。2015（平成27）年に『沙羅沙羅越え』で第21回中山義秀文学賞、『耳袋秘帖』シリーズで第4回歴史時代作家クラブシリーズ賞を受賞。主な代表作に「わるじい秘剣帖」、「耳袋秘帖」、「妻は、くノ一」、「若さま同心徳川竜之助」などのシリーズがある。他に『歌川国芳猫づくし』、『卜伝飄々』、『お龍のいない夜』など、著作多数。

一

「倉橋《くらはし》さま。もう、よろしいので？」

恋川春町《こいかわはるまち》が藩邸内の家から庭のほうへ出てくると、後ろから声がかかった。下男の丑《うし》吉《きち》だった。

春町は立ち止まり、大きな庭石に腰をかけ、

「うん。なんとかな。いやあ、死ぬかと思ったぜ」

と、丑吉のかぼちゃのような顔を見た。その向こうの桜の木は、すっかり葉桜に変わっていて、若い葉の色は、病みあがりの目に痛いほど清々《すがすが》しい。

「お風邪だったんでしょう？」

「そうだ。このあいだの花見でうつされたんだろうな。妙な風邪だったよ。ひどい熱が出て、咳《せき》が止まらなくなったと思ったら、上半身がぎりぎりと痛み出した。痛いのは上半身だけだぜ。歯から耳の穴まで痛いんだ」

「下半身は？」

「だるいんだ。もう、煮過ぎた大根みたいにだるいんだ。そのうち、へそが痛くなってきてな。咳するたびに、痛いんだ。へその中までだぜ。すると、へそから緑色の膿《うみ》みたいなものが出てきてな」

「ほんとに風邪ですか、それ？」

丑吉は、一歩下がって訊《き》いた。

「だって、熱があって咳してるんだぜ。しかも、いちばんひどいときは全身に赤黒い水玉模様が出たんだ。なんだ、これは、と驚いたぜ。おれは、毒きのこかって。呼んだ医者なんか気味悪がって、おれに触ろうともしねえんだよ。おれもこれはいよいよお陀仏《だぶつ》かと思ったんだ」

嘘ではない。春町は、ほんとうにそう思った。すると、これは定めであるような気がした。昔から身体があまり丈夫でなかった春町は、なんとなく自分は四十六か四十九の歳に死ぬだろうと、ときどきそう思ってきたのだ。

春町、今年、四十六。

「奥さまがつきっきりで看病なさっていたのでしょう？」

「あんな陰気臭いのに看病されたって、墓参りされてるような気分になるだけだよ」

春町がそう言うと、丑吉は手を叩いて笑った。

この屋敷で、春町の軽口に笑ってくれるのは丑吉だけである。ほかはたいがい、軽口の意味そのものがわからないか、聞かなかったふりをする。

だが丑吉は、ここ駿河《するが》小島《おじま》藩邸の年寄本役・倉橋寿平《くらはしじゅへい》が、けっこう名の知れた戯作《げさく》者・恋川春町だと知っているのか――それは春町にはわからない。「丑吉。じつは、おれはな……」なんてことは、春町には恥ずかしくてとても言えないし、だいいち改まって名乗るほどではない。たかが戯作者なのだ。

寝ついて三日目、四日目がいちばんひどくて、五日目あたりで熱が抜け、助かったと思った。そのころには、へその膿や水玉模様もおさまった。おそらく風邪で身体が弱ったため、膿んだり腫《は》れたりしたのだろう。だが、起きる気にはなれず、それから五日、寝たきりで、戯作ばかり読んで過ごした。まともな書物は疲れてとても読む気にはなれなかった。

黄表紙では、いちばん面白いと思ったのは芝全交《しばぜんこう》だった。この男は、山本藤十郎《やまもととうじゅうろう》といって、水戸《みと》藩の狂言師をしているらしい。芝《しば》に住んでいるから、芝なのだろうが、全交というのは、さてどういう意味なのか。

この男のうがちは、からりとしている。だが、切れがある。笑いを畳みかけてくる。勿体《もったい》ぶっていない。

逆に、たいしたことがないと思ったのが山東京伝《さんとうきょうでん》。いま世間でもてはやされているが、どうも笑いがしつこくて、嫌みな感じがした。

なんであいつがあんなに売れるのか、不思議でしょうがない。

山東京伝は、版元の蔦屋重三郎《つたやじゅうざぶろう》にずいぶん可愛がられていて、売上ではそれでずいぶん得をしているはずである。もっとも芝全交がおもに仕事をしている〈鶴屋《つるや》〉も、江戸有数の地本問屋なのだが。

「あ、奥さまが」

丑吉の見たほうに、妻が現われた。いなくなった春町を捜しているのだ。

「おっとっと」

春町は慌てて石の陰に身をかがめ、

「粥《かゆ》ばかり食っていて力が抜けた。ちっと精のつくものを食ってくる」

「ぜひ、そうなさると」

「あれには内緒にしていてくれ」

「わかりました」

ということで、春町はそっと藩邸を抜け出した。

二

本当は吉原界隈《よしわらかいわい》まで行きたいところだが、まだ足元がしっかりしない。とても吉原までの往復はできそうもない。

まずはここらでうなぎでも食って、歩けそうなら足慣らしをしたい。

藩邸の真ん前の町人地は、小石川春日町《こいしかわかすがちょう》。

あたりを武家地に囲まれた小さな町人地で、もともとは春日局《かすがのつぼね》の下男たちが住むところとして縄張りされた土地だったらしい。それが元禄《げんろく》のころ、町人地となった。

細長い町の西側すべては、広大な水戸藩邸のほんの一部である。その壁に沿って、きれいな堀割が流れている。

東の裏手にあるのは出世稲荷《いなり》。こぢんまりした佇《たたず》まいは、苦労するほど大きな出世ではなく、幸せになりそうな小さな出世の願いを叶《かな》えてくれそう。

町全体がどことなくこざっぱりしている。ここらは治安もいい。住みやすくて、好きな町並なのだ。だからこそ戯号にも使った。恋川春町は、ずいぶん色っぽい名だとからかわれるが、なんのことはない、「こいしかわかすがちょう」を詰めたのである。

町の中ほどにあるうなぎ屋に入った。

ここの蒲焼《かばや》きはタレがさっぱりしていて、ちょっと変わった味である。なかなかうまいと、本郷《ほんごう》のほうから食いに来る者もいるらしい。

縄のれんをわけ、

「蒲焼きに胆《きも》焼きもつけてくれ。卵焼きはできないか？　うん、下手でもかまわないよ。それと飯だ」

と、顔なじみの店主に言った。

寝ているときは粥と豆腐ばかりだった。白くて軟らかいものは毒を流すからってほんとかね？　もうすこし硬くて色のついたものを食わせろと言っても、「お身体に障ります」の一点張り。あいつは、良妻を気取り過ぎ。春町の前妻が、そういうのはいっさい気にしない女だったと聞いているのだろう。なおさら良妻めかした言動が多くなってきている。近ごろは、正直、重荷になっている。

皿に載せた蒲焼きと胆焼き、それに飯を持って来た店主は、

「恋川先生。大丈夫ですか？」

と、心配そうに訊いた。

このあたりの町人は皆、春町の顔と名前を知っている。誰かにしゃべったことはないはずだが、版元の若い者と飯を食ったときの会話でも聞かれたのか。それは町名を戯号にした戯作者がいれば、たちまち噂は広まる。

「あれ？　おれが風邪ひいたの、もう聞いたのか？」

「風邪？　いや、そんなことじゃなくて」

「そんなことじゃなくてじゃねえよ。ひでえ熱で死ぬかと思ったんだから」

春町はべらんめえ口調で、ざっかけない言葉遣いをする。町人言葉や流行り言葉はどんどん使う。薄ら気取っていて、生きのいい戯作が書けるわけがない。

「いや、ほら、例の件で」

店主は、やけに神妙な顔をした。

どうも言っていることがよくわからない。

そんなことよりもうなぎだろう。

蒲焼きを大きく箸《はし》で切って口に入れる。

「うん。うまいっ」

やっぱり濃い味はうまい。たちまち身体が、しゃきっとしてくる。

胆の嚙《か》み心地もいい。箸休めにつけたたくあんも、いい音を立てる。ひさしぶりに歯を使って飯を食べている。舌でとろける飯なんか幽霊の食いものだろう。あんなもの食っていた口には、病にも馬鹿にされ、なかなか退散してくれない。

たちまちぜんぶ平らげた。上半身には力がもどってきた。これが下半身まで行けば、病も全快。

うなぎつながりで、鍛冶町《かじちょう》のうなぎ屋で働くおつらのことを思い出した。

春町、近ごろはおつらにぞっこんなのである。

三

――よし。おつらの顔を見に行こう。

と、宇治川《うじがわ》を馬で渡ろうかというくらい決然と思った。

ゆっくり行けば、どうにか歩けそうである。

それに、おつらには訊きたいことがある。今年の正月に売り出した黄表紙の『鸚鵡《おうむ》返文武二道《がえしぶんぶのふたみち》』の感想である。

恥ずかしくてなかなか渡せなかった。

そういうのは山東京伝が得意らしい。「これ、あたしが書いたんだ。よかったら読んでみて」と、ほうぼうで配りまくりらしい。

そういう図々《ずうずう》しいやつが、戯作者になるかという気がする。気のある娘に自分を売り込むなんてことが恥ずかしくてできない内気な男が、胸にためこんだ言葉を文字にして吐き出すように、戯作者になるのではないか。口にできるのなら、わざわざ文字を書くなと言いたい。
四、五回通って、やっと二月半ばに春町が新作を渡したとき、
「え、これ、お客さんが書いたんですか?」

と、おつらは瞳《ひとみ》を輝かせた。

「まあな」

「なんだ。お客さん、戯作者だったんですか。すごぉい」

「ちっとも、すごくなんかねえよ」

照れ臭いので、やくざのように凄味《すごみ》をきかせて言ってみる。

「え? 恋川……春町……」

「聞いたこと、あるかい?」

「ありますよ！　『江戸生艶気樺焼《えどうまれうわきのかばやき》』を書いた方ですよね」

「それは山東京伝だっつうの」

春町、ぽんとおつらを叩《はた》く真似をした。

まったく、よりによって京伝ごときと間違えられるとは。だが、京伝はとりわけ若い娘に人気があるのだ。春町は年寄りと、なぜか駕籠《かご》屋に人気があるらしい。

おつらとはそのあと三度ほど会っているが、向こうから感想を言ってくるのを待っているのに、なにも言ってこない。今日こそは訊きたい。

まさか無筆ってことはないだろう。いや、あのとき、恋川春町とちゃんと読めたのである。

さっき食ったばかりで、飯はもう食う気はない。

白焼きと酒を頼んだ。ひどく酔いそうである。

酒を持って来たおつらは、

「恋川さま、大丈夫ですか？」

と、眉《まゆ》をひそめて訊いた。

「なにが？」

「なにがって……」

はっきり言わない。

「ところで、おつらちゃん、あれは読んでくれたかい?」

「あ、すみません、まだなんです」

「あ、そう」

渡してからすでにひと月経つのである。『源氏物語』を読めと頼んだわけではない。たかだか十五丁の黄表紙。しかも、大半は文字よりも絵のほう。文字は、広大な別荘の、建物の部分くらいしかない。

「あたし、読もうとしたら近所の人に持って行かれて、まだ返してもらってないんです。もどったらすぐ読みます」

「いいよ、いいよ。そんな慌てて読んでくれなくても」

手を左右に振って言った。

おつらは忙《せわ》しく動き回っている。小柄で細身なので、なんだかひょこひょこした感じの動きである。そこがまた、可愛い。加えて物言いがやさしい。いまの春町にとって、町角の菩薩《ぼさつ》である。賽銭《さいせん》あげて拝みたい。

あれでけっこう大酒飲みである。このあいだはひどい雨の口で、ほかに客もなかったので、飲ませてみたら飲むわ、飲むわ。一人で五、六合ほどは飲んだのではないか。

それにしても今日は混んでいる。

春町が座っている縁台も、すでに四人が腰かけ、狭いくらいになっている。しかも、春町以外の三人は仲間同士。やかましくてしょうがない。とても、おつらとゆっくり話すどころではない。

じつは、おつらにはもう一つ訊きたいことがあったのだ。

それは、あのさんざん飲ませた夜、おつらが酔ってしまって、神田明神《かんだみょうじん》前の長屋まで相合傘で送り届けてやったとき、神社の柱の陰に引っ張り込んで口吸いをしたそのことを、

「覚えているかい？」

と、訊きたかったのである。

四

どうにもうるさくて、話はまたにしようと外に出た。

半町ほど引き返したところで、

「おや、恋川さま」

「おう、北尾《きたお》さん」

絵師の北尾重政《しげまさ》とばったり会った。

「売れてますねえ、『文武二道』」

と、北尾は言った。

この北尾重政というのは変わった男で、大手の版元である〈須原屋《すはら》〉の倅《せがれ》だったが、絵師になりたくて弟に店を譲ってしまった。幸い売れっ子になって、いまは一派をなしている。山東京伝も春町と同じく絵も描けるが、その絵のほうは北尾に習い、北尾政演《まさのぶ》という画号までもらっている。また、『鸚鵡返文武二道』の画を担当したのは、北尾重政の弟子の北尾政美《まさよし》だった。

それくらいだから、版元の動向、戯作の売行きなどについても滅法くわしい。

「まだ売れてるかね？」

「いまが三月の半ばでしょう。一万五千は行きますな」

一万五千部といったら大変な部数である。売れない戯作者あたりだと、五百部行くかどうか。春町もそこらは訊きにくいが、せいぜいそんなものだろう。

江戸っ子の数は百万。買って読む者より、貸し本屋で借りて読む者のほうがはるかに多いのである。一冊を二十人が借りたとすると、江戸っ子の三人に一人は春町の新作を読んでいることになる。これはやはり嬉《うれ》しい。

「そこまで行くかね」

前作の『悦贔屓蝦夷押領《よろこんぶひいきのえぞおし》』が、蔦屋ははっきりしたことは言わないのだが、一万二千部ほどは売れたらしい。たしかにそれよりいい売行きというのは実感しているので、一万五千まで行っても不思議はない。

もっとも、いくら売れようが、戯作者や絵師にはあまり関係ない。直接の儲《もう》けはすべて版元の蔦屋に入るのだ。

「もしかして、恋川さま、うなぎ屋？」

北尾はいきなり訊いた。

「え？」

ずばり当てられて、春町は動揺した。

「おつらちゃん？」

そういえば、北尾といっしょに蔦屋の近くで飲んだとき、おつらのうなぎ屋で飲み直して、「あの娘《こ》、可愛いだろう」などと言った覚えがある。

だが、春町は、

「ああ、あの娘ね」

と、すっとぼけた。

「だいぶ惚《ほ》れてたみたいですが」

「なにを言ってるんだ。おれがあんな若い娘に惚れたらまずいだろうよ」

「なにもまずくないですよ。十八は立派な大人の女でしょう」

北尾重政は、たいそう女にもてる。美男というほどでもないのだが、笑顔がやさしげである。女を安心させる顔だろう。

しかも、なにより女といっしょにいて、話をそらさない。

そのあたりが、春町はどうもいけない。たまたまうまい具合に話が運んで、女と差し向かいで飲むことになっても、お猪口《ちょこ》一杯飲み干すあいだに、かならず一度は白けた雰囲気が通り過ぎるのだ。笑っていても、ふいに笑いが引きつったり、話すことがなくなったりする。

北尾といっしょだと、女のほうが北尾に一生懸命話すのである。あれが聞き上手というものだろう。春町は、自分といっしょにいて女があんなに話すという場面になったことがない。いかにも早く帰りたそうにする。「帰るか」と言うと、嬉しそうにする。そのくせ手みやげを渡すと最後だけ、色っぽい目でこっちを見る。

また春町は、戯作に向かっているときなどは、いくらでも台詞や筋書きがあふれ出てくるのに、女と話そうとすると、さっぱり話題がなくなるのだ。あれはいったいなんなのだろう。

「おつらちゃんは迷ってますね」

と、北尾は言った。

「なにを?」

「だから、恋川さまとわりない仲になるべきかどうか」

「あ、そう?」

「気がないわけじゃないですよ」

「ほう」

北尾の見る目なら外れはないだろう。これはいいことを聞いた。口吸いまでさせたのだから、嫌いということはないだろう。そうか、おれの女にするまで、あと一歩か。

春町はなんだか嬉しくなってきた。

「恋川さま。じゃあ、また」

と、いったん踵《きびす》を返したが、北尾重政はふと立ち止まって、

「そうそう。政美はやっぱりやりやりすぎましたね」

と、言った。

「やりすぎ？」

もっと訊こうとしたが、北尾はもう着物の裾《すそ》を颯爽《さっそう》とひるがえし、駿河台《するがだい》のほうへ歩き出していた。

五

どうも、あちこちで春町のことが噂になっているみたいである。しかもそれは『鸚鵡返文武二道』に関わることらしい。

春町はなんのことやらさっぱりわからない。わずか十日、床に臥《ふ》して世のなかからいなくなっているあいだに、なにがあったのか、なにが変わったのか。

いつも歩く道を一本間違えたみたいな、奇妙な違和感。

あるいは潮目が変わったのかもしれない。

人生にはときどきあるのだ。自分は同じ調子でやっているにもかかわらず、周囲が違って来ていて、自分まで別のほうへ持って行かれてしまう。黄表紙が急に売れ出したときも、そんな感じだった。

あいつならなにか知っているだろうと、蔦屋重三郎に会いに行くことにした。

日本橋通油町《にほんばしとおりあぶらまち》。いまをときめく地本問屋の〈耕書堂《こうしょどう》〉。

ちょうど店頭にいて、

「あ、これはこれは恋川さま」

と、そつのない笑顔を見せた。

春町が店の上がり口に座ろうとすると、

「こんなところじゃいけません。さ、さ、奥へ、奥へ」

茶室めいた裏の部屋に。

わきの坪庭が枯山水。そのくせ、床の間の掛け軸は歌麿《うたまろ》の色鮮やかな女の肉筆画。茶を飲んで悪酔いしそうな部屋だが、居心地は悪くない。

すぐに茶が運ばれて来る。薄茶だが、香りのいいものである。

一口すすって、

「十日ほど風邪で寝込んでいたんだ」

と、春町は切り出した。

「そうでしたか。おっしゃっていただければ、見舞いをお届けしましたのに」

「そんなことはいい。それより十日ぶりに町に出たら、なんだか妙な雰囲気なんだ」

「と、おっしゃいますと？」

「噂をされているみたいだ。それで、いろんなやつがおれに大丈夫ですか、などと訊きやがる。なにが大丈夫なのか、さっぱりわからぬ」

「はい」

と、蔦屋はうなずいた。

「あんた、知ってるのか？」

「あたしも言われているところでございます」

「あんたも？　なんなんだ？」

「どうも、ご老中の松平《まつだいら》定信《さだのぶ》さまからお呼び出しでもあるのではないかと」

「呼び出し？」

「恋川さま。なにかお心当たりはございませぬか？」

春町、ちょっと考えて、すぐにぴんと来た。

「ははあ、あれだな。このあいだの花見のときだ。白河《しらかわ》公のご家来がいるだろう。ほら、自分も狂歌をやりたいと、ときどき顔を出すやつ」

たぶん、いずれ自分も戯作の一つもという手合いなのだ。そんなことする暇あったら、もっと働けと言いたいが、なんのことはない自分もその口である。

「ああ、はい。たしか、服部正礼《はっとりまさのり》さまとおっしゃいましたな」

「あいつから言われたのさ。ご老中が、朋誠堂《ほうせいどう》さまと恋川さまで一度酒でもと申しておりましたと。そのことではないか？」

「そんなことがございましたか」

「ああ。そのやりとりはほかに何人も聞いていた。戯作者連中もな」

誰がどんな反応だったかは忘れたが、羨《うらや》ましそうにしていた者もいれば、変に顔を引きつらせた者もいた。

「なるほど。それは話も回りますな」

「だが、おれはちゃんと返事をしていないぞ」

「そうですか」

「あれは正式な誘いだったのかな」

とてもそうは思えない。

「では、なぜ、誘われたとお思いです？」

と、蔦屋が訊いた。

「え？　なぜだ？」

理由などとくに考えもしなかった。

「おわかりになりませんか？」

「なんだよ」

「あたしは『鸚鵡返文武二道』にお怒りになったのだろうと」

「あれで、なんで怒るんだよ」

と言って、春町は鼻でそよ風を吹かせた。

六

『鸚鵡返文武二道』という題は、松平定信と縁が深い。

「鸚鵡返」というのは、定信が書いた『鸚鵡詞《おうむのことば》』に引っかけてある。この『鸚鵡詞』は、出版されたわけではないが、書き写され、多く世間に出回って、知っている者はいっぱいいる。また、「文武二道」も、定信が政治の改革の中心に据えた武士の「文武両道」と同じ意味である。

題を一目見て、松平定信の政治を題材にしているとわかるのである。

だが、単にそれだけ。本の最初には前書きとしてこんなふうに書いた。

「唐土《もろこし》のものの本にこう書いてあった。鸚鵡が話すと言っても、しょせんは鳥がしゃべることである。口のうまい女郎がいても、ぺらぺら口が回るだけで理屈は通らないのと同じようなものだろう――と。このわたしも本など書いてはみたが、せいぜい他人の著作を盗んだようなもの。鸚鵡どころか、九官鳥に毛が生えた程度に過ぎないのである。

とほほ。　寿亭主人こと、恋川春町」

たかだか黄表紙の書くことですと、思いっ切り卑下してみせた。

中身のほうも、定信の政策にけちをつけているわけではまったくない。むしろ、文武両道大いにけっこうだろう。ただ、それをちゃんとできない武士のほうを茶化したのだ。

舞台は、醍醐《だいご》天皇の御世《みよ》のころ。

いまが舞台ではさすがにまずい。だから遠い昔の話なのである。

武士があまりにだらしないので、帝《みかど》は文武二道を奨励することにした。

その一案として、剣術の師匠として、源 義経《みなもとのよしつね》を呼び出したりする。

醍醐天皇と義経では時代が違う。それについても、

「たかだか臭草紙の書くことだぜ。ほっといてくれ」

と、ふざけた。

こうして義経の弟子になった武士たちだが、

「剣術が上達するためには、義経先生が牛若丸《うしわかまる》と称して五条大橋《ごじょうおおはし》で千人斬りをしたように、とにかく数を斬らないと駄目だな」

「そりゃそうだが、いまどき町人なんか斬り捨ててみろ。かならず咎《とが》められてこっちの身も危ないわ」

「だったら、町の繁華なところに出かけて、木刀か竹刀で町人どものケツを叩いて回るか」

「千人斬りならぬ」

「千ケツ叩き」

　ぺったんぺったんと、町人のケツを叩いて回る。

「これで九百九十九人。あと一人で、千ケツ叩きはおしまいだ」

「あいつらも、ケツ叩かれて、フンの詰まりも治っただろう」

「お、最後の一人がやってきた」

「これでわしらは免許皆伝、あいつは便所快便。あっはっは……」

　とまあ、この程度の悪ふざけ。

「ふん」

と、春町はもう一度、鼻を鳴らした。

天下の老中首座があれくらいで怒るわけがない。むしろ面白がって、駄目な武士をもっと叱ってやってくれと頼まれるくらいだろう。

だから、あの服部なにがしも、朋誠堂喜三二《きさんじ》といっしょに誘ったのだ。口調もまるで深刻そうではなく、笑みさえ浮かべていた。

それより、気をつけないといけないのは、この蔦屋のほうなのだ。どうもいいように利用されている気がする。

この男、妙に胆が据わっていて、なにか不気味な感じさえするのだ。

意志は強い。約束は守るし、とにかくぶれない。だが、逆にぶれない男というのを、春町はあまり信用しない。人間なのである。ぶれて当たり前ではないか。そこに思案というものがあるのだろう。

口数はあまり多くない。だから、どれくらい考えて物事を決めているのかわからないが、決めたら梃子《てこ》でも動かない。

名伯楽と評判である。

だが春町に言わせれば、外していることも多い。ただ、いったん評判になった若いやつを取り込むのがうまいのだ。

蔦屋は、吉原のことは隅から隅まで知り尽くしている。なにせ吉原の郭内で生まれ育った男。一度、いっしょに歩いていて、前を通り過ぎた猫の飼い主まで知っていたのに驚いたことがある。

その蔦屋が自腹を切って若い戯作者や絵師の卵を遊ばせてやる。しかも一度ではない。二度、三度。金のことはもちろん、ふるまい方からなにからすべて面倒を見、教えてくれる。蔦屋がそばにいてくれたら、なにも心配はいらない。

蔦屋に三度、吉原に連れて来てもらったら、もう吉原のなじみになっている。そして、蔦屋はこう言うのだ。

「あたしのところでいい仕事をなさって、ぜひ、お一人でたっぷり遊べるようになってくださいよ」と。

これでは若い者はたまらない。かならず蔦屋で仕事をするようになる。

だが、春町は別に蔦屋に育てられた覚えはない。

春町を売り出してくれたのは、老舗〈鱗形屋《うろこがたや》〉のあるじ・孫兵衛《まごべえ》だった。その鱗形屋が、いろいろしくじりをして店を傾かせたとき、蔦屋が猛然と誘いをかけてきたのである。

すでに春町は黄表紙の大家、いやそれどころか黄表紙という新文芸を創り出したのが春町なのだ。だから、蔦屋には儲けさせてやっただけ。なにも恩義は感じていない。

「画のほうでやりすぎたんじゃないのか？」

と、春町は言った。北尾はそれを言ったのだろう。

「帝の衣服が質素過ぎたり、町人がこっちにケツを向けていたり、おれが描いていたら、あんな絵柄にはしなかったぞ」

春町はずっと自分で文も絵も担当してきたのである。絵のほうもかなり評判がよかった。だが、蔦屋の仕事ではぜひ若い絵師を使ってくれと頼まれたのである。若い者を育てたいのですと。

そこまで頼まれればしょうがないと、春町は承知したのだった。

ただ、絵のほうには蔦屋がかなり注文をつけていたに違いないのだ。

「それで、町の連中は、おれが老中から叱られるのではないかと思ってるんだな？」

「おそらく」

「くだらねえな」

と、春町は言った。

「くだらないですか？」

「ああ。そんな噂、すぐに消えるさ」

「恋川さまがそうおっしゃるのであれば、安心です。あたしもこれはまずいことにならないかと、心配しておりました」

蔦屋はすこし安心したらしい。

「ところで、あんたは、白河公を見たことがあるのかい？」

と、春町は訊いた。

「恋川さまはないので？」

「それがないのだ」

江戸藩邸の重役をしていれば、たまに千代田《ちよだ》のお城へ行くこともある。控えの間では他藩の重役と顔を合わせ、いろいろ話もする。だが、そこで老中とはなかなか会わない。会った者もいるらしいが、春町はたまたまなのか、まだ会ったことがない。

「あたしは深川《ふかがわ》の霊巌寺の前でお見かけしました。菩提寺《ぼだいじ》だそうです」

「どんな男だった？」

「そうですな、真っ白いお顔をされてました。まあ、幽霊かと思うくらいに」

「真っ白なのか……」

それは定信なら地黒より色白のほうがしっくりくる。なにせ天下の老中首座、将軍補佐。しかも、血筋はただごとではなく、田安徳川《たやすとくがわ》家に生まれた八代将軍吉宗《よしむね》の孫。十一代将軍になる目だってあったらしい。

だが、その英邁《えいまい》なることを、当時権勢を振るった田沼意次《たぬまおきつぐ》に睨《にら》まれ、陸奥《むつ》白河《しらかわ》藩に養子に出されてしまったそうだ。ために定信が田沼を憎むこと尋常ではなく、聞いた話では暗殺も考えていたらしい。
そんな定信の真っ白い顔というのを想像したら、なぜか春町は背筋が、
ぞおーっ。
と、したのだった。

七

恋川春町は、なんとなくすっきりしない気持ちで、版元の蔦屋を出た。

朋誠堂喜三二と話をしたいが、今日はもう疲れた。咳が出たりはしないので、風邪がぶり返す懸念はなさそうだが、なにせ足が棒のようになっている。

通油町から十軒店《じつけんだな》に出て、今川橋《いまがわばし》を渡る。

鍛冶町の手前を左に曲がったほうが近道だが、うなぎ屋のおつらがのれんを仕舞おうとしているのが見えた。昼の客が途切れ、夜の店開きに備え、しばらく休息するのだろう。

棒のようになった足をそっちに向ける根性は、われながら凄い。

「やあ、おつらちゃん、また会ったな」

「あら、恋川さま」

笑顔を向けてくれた。

いい笑顔ではないか。いまの妻女がこんな笑顔を見せたことは、まず一度もない。むしろ前妻はよく笑う女だったが、もっとどろっとした濃厚な笑いで、こんなふうなふんわりした軽さはない。

唇の柔らかさと、北尾が言った言葉を思い出した。

「あ、そうそう。両国《りょうごく》に面白い見世物が出てるんだ」

「へえ、そうなんですか」

「よかったら、今度、見に行かないかい。ついでに凄くおいしいみつ豆もごちそうするぜ」

「ありがとうございます。あたしも恋川さまにお話ししたいことが」

「あ、そうなのかい。いつがいい？」

心が躍った。こういうのはすぐ約束を取りつけないといけない。

「明日のいまごろでしたら、ちょっと店を抜けられますけど」

「うん。わかった。いまごろ顔を出すよ」

何気ない顔で、十間ほど歩いたが、いっきに顔が崩れた。

——やったぞ。

昼間、素面で会うというのは、気持ちが近づく前兆みたいなものだろう。

帰りの道を歩きながら、春町は考えた。

――自分にとって、菩薩のような女とは……。

それは、やはり「遊べる女」だと思う。

別に身体を弄《もてあそ》んで、飽きたらすぐ捨てられる女という意味ではない。

であれば、吉原に行けば、あそこは菩薩だらけである。

いっしょに遊べる女。

面白いことをいっしょに楽しめる女。

だから、すぐ怒る女は駄目。めそめそする陰気臭い女も駄目。といって、きゃあきゃあけたたましいだけの女も違う。

まだ寺子屋に通い出す前の、七、八歳の男の子と女の子が、仲良く遊んでいる光景をたまに目にすることがある。その年ごろだと、誰も妙な目で見たりしないから、あけっぴろげに仲良くしている。

あれこそ春町の、男女の理想のかたち。

いかにも無心に楽しんでいる。

つまらないこの世で、男と女が楽しく遊び戯れる。それこそ至福のときではないか。

――だが、ほんとにおつらは、おれにとって菩薩の女なのか……。

春町の胸を不安がかすめる。

見た目こそどんなに愛想のいい、可憐《かれん》な娘でも、やっぱりいまどきの江戸娘という疑いはある。

つまり、蓮《はす》っ葉で、情よりは実益を好み、あっちこっちに色目を使っている。後ろに男がついていたりしても、まったく不思議はない。

しつこくするとその男が出て来て、面倒なことにもなりかねない。

——おれはしょせん頭でっかちの戯作者なのだ。あまり、期待しないほうがいい。今後のなりゆきも、おつらの本当の姿のことも……。

春町はそう言い聞かせながら、とはいえそれが杞憂《きゆう》であることを願いながら、武家地の堅苦しい町並を歩きつづける。

八

十日寝込んだあとの外出が、ずいぶん長くなってしまった。

へとへとに疲れてもどってくると、藩邸の門を入ったところで門番がなにか言いたそうにした。

「なんだ？」

「あ、いや」

とそこへ、後ろから甲高い声がした。

「まあ、お前さま！」

春町の妻が立っていた。

その眉根には、人生の区切りみたいな重々しい縦皺《たてじわ》。

「なんだよ」

「病みあがりだというのに、どこへお出かけでした。藩邸のどこかで倒れているのではないかとずいぶん捜しました」

「馬鹿なことを言うな」

「本当ですよ」

妻がそう言ったとき、

「あ、倉橋さまがいらっしゃった」

「ほんとだ。ご無事でよございました」

「いったい、どうなすったかと」

若い藩士や、小間使いの女などが、ぞろぞろあちこちから出て来た。

あげくには、

「寿平、どこに消えていたのです？」

「心配かけるでない」

「父上、ご無事で」

家族三人まで出て来たのには頭を抱えたくなった。武家はなにごとも大げさなのだ。町人も照れるような、嘘臭い人情芝居。

「なにをこんなに騒いでいるのだ」

妻をなじると、

「そんな。皆さんが心配してくださったのですよ」

軽くいさめるようにして、一人ずつに礼を言い始めた。

丑吉がいたので、春町は寄って行き、

「なんでこんな騒ぎになったんだ？」

「いや、でも、倉橋さまには口止めされておりましたし」

「さりげなく匂わせるくらいはできなかったのか？」

「ええ、しました。もしかしたら、近所にうなぎでも食べに出られただけでは、と申し上げたのですが」

「そう言ったのか？」

だとしたら、よく気のつく下男ではないか。

「はい」

「だが、あいつは聞かなかったのか」

「うなぎなんか食べたらもどしてしまいますと」

どうもわざと騒いだような気がする。藩邸内の者たちに自分の良妻ぶりを見せつけた。あの妻にはぜったいそういうところがある。

「ふうむ」

「まったく遊べない女だな」

と、春町は言った。

「は？」

丑吉は怪訝《けげん》そうな顔をする。

「いいんだ。こっちの話だ」

いまの騒ぎでさらに疲れ果て、部屋にもどって横になろうとしたら、布団が畳んであるではないか。

そこまで言うなら布団は片づけずに敷いておけと、胸の内でののしった。

朋誠堂喜三二には明日会いに行くことにして、丑吉を使いに出しておいた。

## 九

翌朝——。

早く起きて、たまっていた藩邸の仕事を片づけなければならない。

藩主が付き合いのあるいくつかの藩で、近々祝儀がある。それらの進物を決め、届ける手配をした。

やはり藩主が親しくしている旗本では法事がある。これは、代理で春町が出席しなければならず、その手配を済ませた。

また、他藩の用人から養子の世話を頼まれた。小島藩にぴったりの次男はいないが、心当たりがあり、その紹介をする文を一つ書いた。

藩の進物用の菓子を頼んでいる近くの菓子屋が、新しい菓子をつくったと持ってきてある。茶を飲みながら、この味見をした。なかなかうまいので、今度なにかのおりに頼むと返事を書いた。

奥方さまから、藩邸の中の板敷きの部屋に畳を入れたいという打診があったらしい。なんのためか、わからない。古くてもよければ、ほかの部屋の畳を移してもらいたいのでそれを頼みに行き、了承してもらった。

駕籠かきとして雇った渡り中間のかつぎ方があまりうまくないというので、じっさい春町が乗ってその検分をした。たしかにひどく揺れるが、かつぎ方のうまい下手など春町にわかるわけもなく、とにかく稽古《けいこ》をさせるしかない。

昼前にようやくこれだけの仕事を終え、朋誠堂喜三二に会うため、下谷《したや》七軒町《しちけんちょう》の久保《くぼ》田《た》藩邸に向かった。昨日、丑吉が返事をもらっていて、昼九つ（正午ごろ）に来てくれてかまわないとのことだった。おつらとはそのあとで会う。

朋誠堂喜三二は、本名を平沢常富《ひらさわつねまさ》といい、出羽《でわ》久保田藩二十万石の江戸留守居役である。春町の年寄本役も同じような仕事だが、駿河小島藩の一万石と比べたら、格も忙しさも桁《けた》が違う。

春町より九つ歳上。いわば兄貴分。

黄表紙こそ春町が先んじたが、二年後には喜三二も黄表紙を発表、たちまち売れっ子になって、江戸に黄表紙旋風を巻き起こした。

付き合いはその前、狂歌をつくっていたころ。

喜三二は気散じの洒落《しゃれ》だが、このほかに狂歌名の手柄岡持《てがらのおかもち》など、いくつもの戯名《たわれな》がある。春町にもあり、狂歌の名もけっこう知られていて、酒上不埒《さけのうえのふらち》という。

二人とも、狂歌はあまり得意ではなかった。五七五七七の定型に機知を埋め込むのが、どうも肌に合わない。物語をつくるという才を、生かし切ることができないのだ。春町の『金々先生《きんきんせんせい》』が当たったとき、喜三二がやって来て、

「じつはわしもああいうのを書きたかったんだ。真似ても構わぬか？」

と、訊いた。もちろん構わないと答えた。

喜三二は、春町が想像したより面白いものを書いた。この男も物語を書きたいのだとわかったのだった。春町は面白いので絵も描いてやった。初めて、同志ができたような

気がしたのを覚えている。

久保田藩邸は、三味線堀《しゃみせんぼり》の真ん前。東照宮《とうしょうぐう》の陽明門《ようめい》よりは落ちるが、それでも駿河小島藩のと同じ正門には思えない。

顔なじみの門番に来意を告げ、すぐに通してもらう。

屋敷のなかの喜三二は、いかにも品がいい。つねづねうまいものを食っているから、肉付きも肌の色艶《いろつや》もいい。悪いのは、女癖くらい。

国許《くにもと》から届いた帳簿を見ていたが、

「なんだ、倉橋。相談ごととは？」

「ちょっと、ここじゃまずいよ」

「昼飯は？」

「まだだよ」

「じゃあ、お絹《きぬ》の店にでも行くか」

お絹というのは、喜三二の妾《めかけ》で、ここからも近い浅草阿部川町《あさくさあべかわちょう》で茶飯の店をやらせている。

喜三二の狂歌の弟子だった女である。春町も知っていて、当初は別の狂歌作者の弟子だったのを、

「あんたは、わしの弟子になったほうが才気の筋が伸びる」

とか、わけのわからないことを言って、結局、ものにした。喜三二にとって菩薩のような存在なのか訊いたら、

「菩薩？　色っぽい尼さんみたいな存在だ」

と、答えた。

その店に来ると、客席がいっぱいだったので、二階のおかみの部屋に入れてもらった。おかみであるお絹が挨拶《あいさつ》に来て、

「平沢さま。ヒラメの煮つけと茶飯でよろしいですか？」

と、訊いた。もう三十くらいになったのではないか。いくらか老けたが、あいかわらずきれいである。鉄漿《おはぐろ》をしていない白い歯が、やはり歳より若く見せている。

「ああ、それで頼む」

春町は、出てきた飯を食べながら、

「じつは、十日ほど寝込んだのだが、そのあいだ、おかしな噂が出回ったらしい。平沢さん、聞いてないかい？」

と、訊いた。

「わしもこの十日ほどは藩政のことで忙しくてな、ずっとここに籠もりっぱなしだった。なんだ、おかしな噂とは？」

「どうも、白河公が、おれたちの戯作に立腹しているというのさ」

「白河公が？」

喜三二も意外そうな顔をした。

十

朋誠堂喜三二は、松平定信が幕政に参加したすぐ翌年、黄表紙の『文武二道万石通《ぶんぶにどうまんごくとおし》』を売り出した。

「文武二道」は、春町の黄表紙と同様、定信の掲げた「文武両道」のことである。「万石通」とは、米とぬかを分ける精米の器具の名。だが、これを文武二道にくっつければ、武士は万石以上の大名と、万石以下の旗本に分けられるように、武士の仕分けを連想させるものとなる。

じつに巧妙な題なのである。

ためもあって、正月に発売されると、あっという間に売れた。

話の舞台は、おなじみの鎌倉《かまくら》時代。源《みなもとのよりとも》頼朝が、優秀な家来として知られる畠山重《はたけやましげ》忠《ただ》と、近ごろの武士の体たらくについて嘆いているところから始まる。

もちろん江戸っ子はこの絵を見て、誰も鎌倉時代の話とは思わない。源頼朝がやけに若く、少年のように描かれている。明らかに、十六歳の将軍家斉《いえなり》を示している。また、かたわらの畠山重忠は、家紋が星梅鉢になっている。松平定信の家紋も星梅鉢。

だが、この絵から二人への悪意やからかいはそれほど感じられない。定信にしても、美男に描かれ、しかも畠山重忠に喩《たと》えられるのは、けっして侮辱ではないだろう。

かくして、頼朝と重忠の、武士の仕分けが始まった。

武士たちは、富士山の麓《ふもと》に集められ、三つの洞窟《どうくつ》を選んで入るよう命じられる。

その三つは――。

いかにも学問の道を示している〈文雅洞〉。

恐ろしげで、武術がないとひどい目に遭いそうな〈妖怪窟〉。

そして真ん中にあるのが、老いることなき長生きの〈長生不老門〉。

文武を学ぶべき武士なら、文雅洞か、妖怪窟を選ぶべきだろう。

ところが、その二つに入る武士は少なく、大勢の武士がぞろぞろ長生不老門に入って行くから笑ってしまう。

しかも、出て来たときのようすでまた笑わせる。

「なんだか、妙な穴だったなあ」

「ぬらぬらした液が出てきたぞ」

「壁をこするとときどき潮を吹いたぞ」

「強精剤でも飲んでくれればよかったなあ」

「いやあ、足もふらふら」

「身体はぬらくら」

「穴に嵌《は》まったんだ」

「穴に嵌まると抜けるのも大変」

「と言いつつ、おぬし、嬉しそう」

まさに、ぬらくら武士たちというわけである。

春町、初読して呵々《かか》大笑《たいしょう》。それで、おれの次作もこの路線で行こうと思ったのだった。

「平沢さん、万石通は自分で書きたいと言ったのかい？」

と、春町は訊いた。

「いや、蔦屋から書いてくれと頼まれたのさ。じつは、あの題も蔦屋が考えてきた」

「そうなのか」

「序文にもはっきり書いただろう。蔦屋に頼まれて書いたのだと。あれは嘘を書いたわけではない」

「そうだったね」

「蔦屋は商売がうまいな」

喜三二は、つくづく感心したというふうである。

「白河公とは会ったことは？」

と、春町はさらに訊いた。

「お城では何度かすれ違ったが、正式に挨拶したことはないな」

「平沢さん、もしもだぜ、白河公からなにか訊かれたら、言い訳できるかい？」

「それはできる。なにも疚《やま》しいことなどない」

「おれもないよ」

「だが、いまとなると、やり過ぎたかという気持ちもなくはない」

「なんだよ」

ちらりと喜三二の弱気が見えて、春町は鼻白む。

「また、なまじおぬしのもわしのも売れたからな。売れるのも善し悪しだ。かならず、足を引っ張るようなやつがいる」

「まったくだ」

もっと露骨に松平定信の政をからかった黄表紙もあるが、とくに譴責《けんせき》を受けたという話は聞かない。

「もし、本当に怒っているとしたらだぞ、からかわれて身に覚えのあるやつが、白河公に告げ口したんじゃないのか」

と、喜三二は言った。

ぬらくら武士の仕返しである。

「それはあるな」

春町はうなずき、

「売れたことへの妬《ねた》みだってあるだろうし」

と、付け加えた。

売上の一部がそのまま戯作者の懐に入るわけではないが、しかし蔦屋からは当然、さまざまな見返りがある。おおっぴらには言えないが、金色に輝くものもある。

そのあたりを妬む手合いも多いはずである。

「それと、わしは蔦屋に乗せられている気もする」

と、喜三二は言った。

「平沢さんもそう思うかい」

「あれは曲者《くせもの》だ」

「平沢さん。あいつが、以前、あたしは次の馬場文耕《ばばぶんこう》を世に出したいんですと、ぽつりと言ったのを覚えてないかい？」

と、春町は訊いた。

「次の馬場文耕？」

喜三二は目を剝《む》いた。

馬場文耕は、このときから三十年ほど前に、お上を批判する異説を記し、言い触らした罪で獄門に処された講釈師である。

だが、馬場文耕を軽蔑《けいべつ》する戯作者はいないはずである。お上の圧力にまるで屈しなかった。その反骨の姿勢は驚嘆するほどである。

しかも、作は素晴らしかった。いまだに、ひそかに筆写本が回覧される。春町も大田《おおた》南畝《なんぽ》から『近世江都著聞集《きんせいこうとちょもんじゅう》』を借りて読んだ。ほかにも読みたいと思ったが、南畝は持っていないし、それもその場で読んで、すぐに戻させられた。

まさに、戯作者からしたら、ふぐを食うときのような思いをさせる人物なのだ。

「あのとき蔦屋もずいぶん酒は入っていた。だが、たしかにそう言ったんだ」

と、春町は怪談話でも語るように言った。

「ほう」

「危ないよ、あの男は」

「倉橋。ここまではもうしようがない」

「ああ」

「この先は、気をつけるようにしよう」

「もし、白河公から正式に呼び出されたら？」

春町は訊いた。

「そりゃあ行くしかない。むしろ、行ったほうがいい」

と、喜三二は言った。

そういう結論で、この日は喜三二と別れたのだった。

十一

急いでおつらのうなぎ屋に向かった。

おつらはすでにうなぎ屋の外で春町を待っていた。小柄なおつらは、そうして立っていると、いかにも頼りなさそうである。

「お、待たせたな」

「いいえ。早めに出てたんです」

と、可愛いことを言った。

「舟を拾おう」

「え、舟？」

「馬喰町《ばくろちょう》のところまでさ」

「まあ」

ほんのちょっとでも舟を使うと、若い娘は喜ぶのだと、これは北尾重政に教わった。

もてる男は違うと感心したが、その真似である。

馬喰町の河岸で降りると、両国広小路《ひろこうじ》は歩いてすぐだった。

「うわあ、凄《すご》いな」

思わず声が出た。

今日も祭りのような混雑ぶり。人が横町や店のなかから、蟋蟀《こおろぎ》や蜚蠊《あぶらむし》のように、次から次へぞわぞわと湧いてくるようで気味が悪い。武士も町人も百姓も老若男女もごっちゃまぜ。子どももいる。子どもをこんなところに連れて来るなと春町は言いたい。目立つのは、きょろきょろしっぱなしの浅葱裏《あさぎうら》と、舞台では見たことのない役者崩れ。当然のことで、そっちこっちでぶつかり合う。「やあね、あんた」「なんだ、馬鹿野郎」女の声はよく聞こえ、男の声は低く柄が悪い。

ぶおーんと唸りのような喧噪《けんそう》になっていた。声が集まって、人が集まれば店ができ、その店がまた人を呼ぶ。とくに人を呼ぶのが、芝居小屋に見世物小屋。それらが並ぶ一画に来て、

「あ、これだ、これ」

橋のほうまでは行かないあたりで、春町は看板を指差した。

恐ろしく肥《ふと》った女の絵が描いてある。

小屋主が口上を述べている。

「食いに食いまくって、ついに六十貫目も超えてしまいました。名づけて真ん丸娘。でぶでぶとした身体だけでも見ものですが、これだけふくらむと、いくら重くても、風に

流され、転がるようになっちまったんです。真ん丸娘が、ころころと転がるようすをお目にかけます。その奇妙なこと、笑えること」

「これは笑えるらしいぜ」

と、春町は言った。

「でも、あたし、それより」

「ん？」

おつらの視線は隣を向いている。

絵はないが、

「今日、ここで腹切ります」

と、書いてある。

いかにも怪しげな小屋主が、

「今日しか見られない、哀れなご浪人の一世一代の芸だよ。かわいそうに、最期を見てやっておくれ」

などと言っている。

おつらは笑える見世物より、その隣の薄気味悪い小屋に興味があるらしい。

「そっちがいいのかい？」

と、春町は訊いた。

「ええ。怖いの、好きなんです」

春町は気が進まなかったが、仕方がない。

二人分の木戸銭を払って中に入ると、かなり暗い。客は狭い土間に百人近く入っている。

正面にろうそくの明かりがあり、浪人姿の五十くらいの男が座っていて、

「おれはもう駄目だ。生きていても、ちっともいいことはない。今日も、ここに来る途中、すれ違いざま、屁をかけられた……」

などと愚痴を言うので、客はどっと笑った。腹切る前に、人を笑わせるなと言いたい。この時点ですでにこれはいかさまだと見え見え。

ひとしきりくだらない愚痴で笑わせたあと、男はおもむろに腹を出した。縫った痕《あと》がいっぱいある。ほんとに切るのだと思わせる。

腹を撫で、「やっ」と短刀を突き刺すと、横にえぐった。

「きゃあ」

と悲鳴が上がり、内臓がどっと出てきたところで、ふうっと明かりが消えた。

「ああ、怖かった」

と言いながら、おつらはそれほど怯《おび》えてはいない。むしろ、春町のほうが気持ち悪く

て吐きそうである。が、おつらの前でみっともないところは見せられない。

いま思えば、首や手は本物だったが、腹はつくりものだった。それを横に切れば、豚の内臓でも飛び出る仕掛けになっていたのだろう。いかにも両国のあざとい見世物小屋がやることである。

それを、武士が切腹の真似を見て、吐いたなんてことが知られたら、戯作のしくじりどころではない。

自分に比べておつらの度胸のいいことといったら。相当図太いのか、じつはかなりの莫連《ばくれん》娘なのか。

春町は後ろを振り返った。若い男が跡をつけて来ていないか。あとで、「おれの女になにするんだ？」と脅されるかもしれない。

だが、これだけの人出である。五十人に跡をつけられてもわからないだろう。

小伝馬町《こでんまちょう》の〈柳に風〉という店名の甘味屋に入った。

ここは若い娘に人気のある甘味屋だと、蔦屋に聞いていた。あの男はどこにどんな店があるというのをじつによく知っている。女の書き手と打ち合わせるときは、こういう店でやるのだろう。

「まあ、素敵なお店ですね」

入ってすぐ、おつらはそう言った。

「そうかい？」

春町は店の中を見渡したが、どこがいいのか、よくわからない。

「障子の色も、座布団も、ぜんぶ洒落てますよ」

「そりゃあ、よかった」

座敷が高めの衝立《ついたて》で区切られている。

庭を眺められる場所に座った。

「ほんとに素敵」

「みつ豆もうまいらしいぜ」

「まあ」

注文を取りに来た仲居に、みつ豆を二つ頼んだ。注文を受ける仲居の態度も丁寧で、おつらはそんなところも気に入ったらしい。

春町はみつ豆を食べるうち、さっきの気味悪い見世物のことも忘れていた。

やはり、昼間の逢瀬《おうせ》はいい。もっとも話は期待したほどはずまない。

ゆっくりみつ豆を食べ終え、茶を一口すすって、

「おれは、おつらちゃんのことを菩薩だと思ってるんだよ」

北尾重政を真似たやさしい口調で言った。

「菩薩？　あたしがですか？」

当惑するような顔になった。

「菩薩と言っても、そんな堅苦しい人だと期待しているわけじゃないよ。おれの菩薩というのは、説明がいるんだけど、遊べる女なんだ」

春町はそう言って、言葉を止めた。

ここは黄表紙でも、紙をめくらせるその間のところである。

だが、おつらの反応がおかしい。

目に涙がたまってきた。

「遊べる女って……ううっ、よくもそういうことを、本人を前にして言えますよね」

あっという間に涙が溢《あふ》れ、つつっと流れたものだから、春町は焦った。

「いやいや、だから説明がいると言っただろ」

「遊べる女に説明など要りません。勘弁してください」

「だから、よく聞いてくれよ。『いっしょに遊べる』だよ」

「同じでしょ」

「違うんだ」

と、説明した。

「このつまらない、苦労ばかりの世のなかを、いっしょに遊ぼうと。そういう気持ち、わかってもらえないかな。おれの戯作も、要はそういうところにつながるんだよ」

「暢気《のんき》なものですね」

おつらは斜めの笑みを浮かべながら言った。

「え？」

「そういうのって、余裕のある人が言えることだと思いますよ。恋川さまはお侍で、遊んでいても給米をもらえるから、そういうことを言ってられるんじゃないですか。あの戯作もいっしょですよ」

そう言うと、おつらの背筋がすうっと伸びた。武士であれば、いざ、これから腹を切りますという構え。

——え？

春町も一瞬、緊張しておつらを見た。

「戯作、読ませていただきました」

「あ、ああ」

「最初、笑いました」

「そりゃどうも」

黄表紙は笑ってもらってこそである。

「でも、途中で変だなと思いました」

「変？」

「恋川さまってお侍ですよね」

「もちろん」

「あのなかで笑い者になっているお侍と、恋川さまは違うんですか？」

「いや、まさにいっしょだよ。だから、いっしょに自分も笑ってるんだ」

「でも、給米はもらってるじゃありませんか」

「まあな」

「お百姓の年貢で食べて、駄目な武士の暮らし送って、それで町人にもそれを笑えっていうわけですよね」

「あのな、おづらちゃん」

そこは大事な、戯作の根幹のところである。韜晦《とうかい》と自虐。ひねりとうがち。それは笑いを誘うための技巧でもあり、戯作者の生き方でもある。

ふつうの読者には丁寧に説明しないとわかってもらえないところだろう——そう思ったところで、

「あちちっ」

お茶をこぼしてしまった。

袴《はかま》の前が濡れ、茶色い生地がたっぷり水気を吸ってまだらに黒ずみ、まるで粗相をしたみたい。

「これではお上の怒りを買うだろうと思いました」

と、おつらは言った。

「え？」

「あたしの知り合いは、これは無事では済まないだろうと言ってました」

「そうかもな」

春町は、居直った口ぶりで笑みを浮かべて言った。

「お返しします。読まなかったことにします。こんなことで、つまらないとばっちり受けたくないですから。では」

おつらは立ち上がり、足早《あしばや》に出て行った。

春町は唖然《あぜん》として見送るほかない。

これならろくでもない若い男が出て来て脅されたほうが、まだましだった気がした。

山東京伝

# 京伝店《きょうでんだな》の烟草入《たばこい》れ

井上ひさし

登場人物：**山東京伝**（さんとう　きょうでん）

1761（宝暦11）年、深川の質屋・伊勢屋の岩瀬伝左衛門の長子として生まれる。1775（安永4）年に北尾重政から浮世絵を学び、以後浮世絵師としては北尾政演と号す。1782（天明2）年には蔦屋重三郎のもとで大田南畝、恋川春町らと交流し、この時期から山東京伝を称し始める。自ら絵を手掛けた『江戸生艶気樺焼』や『時代世話二挺鼓』などの黄表紙が好評を博すも、松平定信による寛政の改革により、1791（寛政3）年には洒落本三作が禁令を犯したとされ、手鎖五十日の刑を受けた。1816（文化13）年、胸痛の発作を起こし死去。

---

**井上ひさし**（いのうえ　ひさし）

1934（昭和9）年、山形県生まれ。1953（昭和28）年に上智大学に入学すると、在学中に浅草のフランス座を中心に台本を書き始める。大学卒業後は放送作家として活動し、1963（昭和38）年には国民的人気番組『ひょっこりひょうたん島』の台本を共同執筆する。1972（昭和47）年に「手鎖心中」で第67回直木賞を受賞。1982（昭和57）年に『吉里吉里人』で第33回読売文学賞、1986（昭和61）年に『腹鼓記』『不忠臣蔵』で第20回吉川英治文学賞、平成3年に『シャンハイムーン』で第27回谷崎潤一郎賞を受賞する。2010（平成22）年、肺がんのため死去。

一

どうやらまた、京伝は店の天神机に突っ伏して寐入《ねい》ってしまっていたらしい。目をゆっくりと開くと、番頭の清兵衛が、主人を起さぬようにと静かに表戸を戸袋におさめているのが見えた。天神机の左右の端を両手で摑んで力をこめ、顔を机から引き剝がすようにして京伝が躰を起すと、清兵衛が、やっこれは、と言って頭に手をやった。
「やっぱり旦那様をお起ししてしまいましたか。音を立てぬよう気をつけたつもりでしたが……」

いいんだ、気にしないでおくれと京伝は、鼻の先で右手を振って、ついでにその手で顔を撫でた。顔の脂が掌に宿替えをして、掌は油壺の中にでも浸したようにぎったりと濡れて光っている。

天神机の上には洒落本が数冊散らばっていた。どれも京伝が二十代のころに書いたもので、一冊は開いてある。挿絵に、永久橋の船饅頭《ふなまんじゆう》と橘町の踊子芸者と山谷仏店《ほとけだな》の蹴《け》ころが江戸詰の田舎侍の取合いをしているところが描いてある。船饅頭と踊子芸者と蹴ころが同じ場所に現われて客の袖を引くなど実際にはあり得ないことだが、そこが絵双紙の便利なところでもあり、安直なところでもある。その挿絵の上部が脂で黄色く滲んで油障子のようになっていた。京伝はそこへ額を押しつけて寐人っていたらしい。

京伝は、いわゆる兎眼《とがん》症というやつで、まぶたの閉じ方がいつも中途半端だった。眠っている間も細く目を開いている。このあいだの冬、血塊の病いであの世へ行ってしまった京伝の妻のお菊は、真夜中にふと目を覚して夫を見ると怖くなるときがある、とよくこぼしていたものだ。京伝が薄目を使って自分を凝っと観察しているのではないか、とお菊はそのたびに背筋に冷水を数滴落されたようないやな思いをした。

目覚めるすこし前、京伝は船饅頭や踊子芸者や蹴ころたちが目の前にあらわれて、

「京伝さん、あんたも江戸ッ児なら意地のひとつぐらいはおありだろう、松平のお殿様の頼みなぞきいちゃいけないよ」

と、言うのを聞いたような憶えがあるが、それはおそらく兎眼症で薄く開いた眼に、この挿絵が写っていたためだろう。

机上のこの洒落本を京伝の許に持ち込んだのは、白河藩十一万石の藩主松平定信の家中、小林善八郎という用人である。小林が訪ねてきたのは十日ほど前、長梅雨がようやく上り、近くの竹置場の竹が、湿り切っていたところを急に暑熱に当ったためか、乾き上るついでに次々に割れて、ぴんぴんと鋭い音をたてていた午後のことだった。

そのとき京伝は奥の座敷で、その夏売り出す夏ものの烟草《たばこ》入れの景品にする長さ四尺の麻手拭に、

「水や空　月の中なる都鳥」

などと即興の句を書きつけていた。

もと北尾政演《まさのぶ》を名乗って若手浮世絵描きの筆頭、さきごろまで洒落本の作者として人気随一だった京伝の戯《ざ》れ絵や戯れ句はいつも引っぱり凧《だこ》で、むしろ景品を目当てに京伝店へ駆けつける者の方が多いぐらいだった。京伝はこの手で今度も夏ものの烟草入れを売り捌くために、その日は朝から麻手拭に細筆を振っていたのだが、そこへ番頭の清兵衛が思案顔で入って来、

「松平定信様ご家中の方がお見えですが」

と告げたとき、京伝は思わず顔が強《こわ》ばって、目尻のあたりがぴくぴくと引き吊るのを感じた。

その三年前、京伝は洒落本三部によってお咎めをうけ、手鎖五十日に処せられ、それ以来、ほとんど絵双紙の筆は捨てたが、彼に手鎖を嵌《は》めた総本山の張本人が、そのころ老中首座で将軍御補佐役の松平定信だった。

こんどはまたいったいどういう難題が舞い込もうというのか。小林という用人を座敷に迎え入れ、こわごわ用向きを訊くと、彼は底意地の悪い薄笑いを顔いっぱいに泛べ、重い訛のある口調で言った。

「京屋伝蔵どの、その方はわれらが藩主松平定信様をどのようなお方であるとお思いか」

どのようもこのようもないものだ、と京伝は思った。時めくが上に時めいてその勢い

を誇った田沼意次《おきつぐ》が「陽」の大将ならば、その田沼の失脚後、老中首座に就任した松平定信はまず「陰」の親玉だろう。

爛《ただ》れ切った世の風儀を一新せん、というのが定信の老中としての第一声で、家斉《いえなり》の睦事がすこし激しすぎるのではないかと官医を集めて談合の上回数の制限をしたのを皮切りに、大奥女中の首を並べて切って減らすやら、江戸城の畳を安価で縁《ふち》のない琉球表《おもて》にみな替えるやら、城内の襖《ふすま》や障子を浅草紙そこのけの安紙に貼りかえるやらの質素倹約の押売り。また下々《しもじも》には、船饅頭・踊子芸者・蹴ころなどの私娼の追放を手始めに、小唄や浄瑠璃や三味線の女師匠は男の弟子をとってはならぬ、湯屋で男女の混浴はならぬ、あ美味珍味を口にしてはならぬ、華美な髪飾りはならぬ、美服を肌につけてはならぬ、あれならぬ、これならぬのならぬ尽し。京伝もその「奢侈《しゃし》禁止令」のうちの、淫らなだけで他になんの益もない洒落本の類を書いても板木にしてもならぬ、というのに引っかかり、両手を五十日も束ねられて暮した。

(……あの寛政のご改革のおかげで、江戸は灯が消えたようになってしまったものだが、定信様はたしかわたしよりも三つ年上の今年三十六歳。まだまだ男の盛りは終っていない筈なのに、あの人の脳味噌は、聖儒の教えでこちんこちんに固まってしまっている。つまりひとことで言えば馬鹿な糞真面目……)

もとよりこんなことを口に出すのは憚られ、京伝は小林の問いには答えずに、さあそ

れは、と言ったきりで穏かな笑みを泛べて相手を見ていた。すると、小林は表情に下卑た笑いを横切らせながら、

「定信様も人の子、女子のお嫌いなお方ではない」

と言い、座敷に入ってからもずっとかたわらから手離さなかった袱紗《ふくさ》包みの結び目をほどいた。

「定信様は前まえから京屋伝蔵どのの、つまり、山東京伝の洒落本がお好きで、そのほとんどを取り揃えられておる」

小林が包みの中から取り出したのは、かつて京伝が書き、そのためにお咎めを受けた数冊の洒落本だった。京伝は、放蕩のあげく家名に泥を塗って逐電《ちくでん》したどら息子を迎える父親のような気がしながら、それを眺めていた。

「定信様はこれらの洒落本をしばしばお手にお取りになるほどでな……」

言いながら小林は洒落本の小山を京伝の方へ押し出した。

「そこでお手前に頼みがあるのだが、これに山東京伝直筆の詞書《ことばがき》がいただけまいか」

小林の口調にはかさにかかった傲慢さがあった。主君が、しかも前の老中首座をつとめたほどのお方がお前の本の愛蔵者だ、ありがたく思って、狂詩狂歌狂句をひねり出して書き込め、と命令されているように感じ、京伝は素直に「はい」と言い兼ねていた。

小林はそれを京伝が恐悦のあまり返事が出来ないでいる、と思ったらしく、

「なにもそうかたくなるには及ばぬ。軽くさらさらと筆を振ってくれれば、それでよいのだ」と言った。

京伝の躰の芯のあたりから激しく怒りが突きあげてきた。いったい、あの五十日の手鎖は何のためだったのだろう。

年老いた父母は、伜が咎人《とがにん》になった以上世間さまに顔向けが出来ないと、剃髪して家にひきこもってしまった。妻のお菊は外出のたびに、近くの悪戯ッ子たちに「やーい、旦那が手鎖じゃァ、抱いてもらうとき困るだろう」と囃《はや》され、あるとき投げつけられた石に当って、それがもとで体内に血塊がたまるようになり、とうとうはかなくなった。そして、京伝自身は手錠におびえて、なによりも大切な筆を捨て、商いの道へ逃げ込んでしまっている。それまでは、手錠をかけたお上《かみ》も真剣だったと思えばこそ、これらの不幸にも耐えることが出来て来たのだといっていい。それが小林の話では、お上は京伝の作物《さくぶつ》の愛好者だったというのだ。

「お手前は東都戯作界の一番の星だった。京伝を罰すれば、他の作者連などはいっぺんで震えあがるだろうと、定信様はお睨みになったのだ。つまり、お手前はいわばほんの見せしめ……」

京伝の顔色がみるみる変ったのを見て、小林はそれと察したのだろう、急に弁解するような口調でそう言うと、袱紗を懐ろにねじ込みながら座敷を出て行った。

ほんの見せしめだと？　そのために父母は髪を下ろし、世間の目を恐れてひっそりと暮さなければならなかったのか。ほんの見せしめのために、お菊は死んだのか。ほんの見せしめのために、自分は筆を捨てさせられたのか。

詞書を断わればどんな日に遭うかわからない。烟草屋商売おかまいの上所払《ところばら》いか、いずれにしても、ひどい仕返しがくるはずである。だから詞書を書くつもりで、夜、店が閉まってから、天神机の前に坐るのだが、京伝は筆をとるたびに口惜しい思いに躰が震え、そのまま夜を明かし、気がついたときは天神机に突っ伏したまま、朝を迎えるというのを、このところ繰返しているのである。帳場の右の烟草葉の刻み場に、烟草切り職人たちが入ってきた。京伝に軽く会釈を送って職人たちは大砥石にとりつき、溝板《どぶいた》ほどもある烟草切り包丁を研ぎはじめた。職人たちが出て来たところを見ると、五つ（午前八時）は過ぎているはずである。京伝は散らばった洒落本をひとまとめに揃えて天神机の端に置き、立ち上った。

肩から絽《ろ》の羽織がはらりと落ちた。きっと、夜中に清兵衛が掛けておいてくれたのだろう。京伝が羽織を拾おうとしたとき、草履でせわしく地面を叩く音が近づいて、店に若い男がひとり駆け込んできた。

四列八段の引き出しの前で、烟草入れの数をあたっていた清兵衛が、いらっしゃいましと、声を掛けかけて、

「なんだ、幸吉さんですか」

と言い直した。

「でも、幸吉さん、朝からからっと晴れ上って、川開きには願ってもない日和《ひより》のようじゃありませんか」

そういえば今日は両国の川開きの当日だったたな、と京伝は羽織を拾いながら思った。幸吉にとっては一年に一度の大切な日である。それを忘れていたのは、例の詞書の一件で頭がいっぱいだったせいに違いない。京伝は苦笑しながら幸吉に言った。

「幸吉さん、例の三尺玉はどうしました?」

「たったいま出来上ったところです」

幸吉は息を弾ませている。

「なにをおいてもまず京伝さんに、と思ったものですから……」

幸吉の尖った顎の先から汗のしずくが土間へ雨滴のように連なってしたたり落ちていた。土間に丸いしみが見る間に殖えて行く。

幸吉の家からこの京伝店まで、同じ京橋ながら三町近くはある。幸吉はその三町近くを全力で駆けてきたのだろう。息を吐き出すたびに鍛冶屋の鞴《ふいご》のような声を出している幸吉に、京伝は上り框《がまち》に腰を下ろすように目顔で言った。清兵衛は奥へ小走りに駆け込んだ。気をきかせて水を汲みに行ったのだろう。

腰を下した幸吉は手で額や顎の下の汗をしきりに拭い落している。そのたびに両手の甲にいっぱいにひろがったひっつれた火傷の跡が光った。

よく見ると、幸吉の脛や胸、それから顔にも火傷の跡がある。特に大きいのは左の頬の長円形のもので、享保小判ぐらいはたっぷりあった。火傷の跡は幸吉のような花火職人には珍しくはない。とくに近ごろは花火の盆を大きくひろげるために、普通の合薬(黒色火薬)よりも、焔硝の割合を多目にした強薬を使う職人が殖え、細工中に爆発することが多くなった。幸吉の火傷のほとんどがこの強薬によるもので、別の言い方をすれば、幸吉のたくさんの火傷の跡が、幸吉の得意とするものが強薬をふんだんに用いた大盆の花火玉だということを証拠立てている。

幸吉の左の頬の火傷は七年ほど前の川開きのときに負ったもので、これは強薬の自然爆発によるものではなく、心打ちといって、花火玉が打ち上げ筒の中にあるうちに爆発したために負ったものだ。打ち上げの時には、左耳に綿をかたく詰め打ち上げの雷音から鼓膜を守りながら、常に躰の左側を打ち上げ筒に向けて作業をするのが、鍵屋の職人の心得になっており、したがってどうしても躰の左側に余計火傷を背負込みやすいのである。

いずれにしても、そのとき、幸吉が打ち上げようとしていたのが小さな玉だからよかった。一尺か尺五の大玉だったら、いま江戸の花火職人の随一と言われる幸吉はなかったろう、京伝は彼の左の頬の火傷の跡を見るたびに、そう思う。

やがて、清兵衛が水の入った竹柄杓《たけびしゃく》を持って出てきた。柄杓の下に真新しい手拭を添えて水が畳に垂れ落ちるのを防いでいる。清兵衛は柄杓を幸吉に差し出しながら「ずいぶん喉が乾いていらっしゃるようだから、丼より大きいものがよいと思って柄杓にしましたよ」と言い、「それからこれで汗を……」と手拭を添えた。

幸吉は柄杓を捧げて清兵衛を拝むようにし、一気に水を喉に流しこんだ。それから手拭で何度も顔を拭き、生き返ったようになって、晴々とした口調で京伝に言った。

「三尺玉ですよ、京伝さん」

京伝は目を細めて何度も頷いた。

「今夜、両国に集まった人たちがさぞ喜ぶでしょう」

「江戸中の人が、ですよ」

幸吉がすこし気負った語調になった。

「三尺玉は、これまでだれも打ち上げた職人がいないので、たしかなことはわかりませんが、二百間は上りますよ。これは尺玉の三層倍です」

それまで刻み場からごとごとと砥石の揺れる音がしていたが、その音がこの「二百間」のひとことでぴたりと止んだ。包丁を研いでいた職人たちが全身を耳にしているためにちがいなかった。

「おまけにわたしの打ち上げは一番おしまいですからね、当然、夜になる。二百間も上れば江戸中の人が見えますよ」

京伝にも「二百間」がいい眠気覚ましになったと見え、眼の色が活き活きしはじめている。

「これできまった。今年の夏の江戸は、幸吉さんの三尺玉で持ち切りになるね」

「重さは三十二貫あります」

職人たちと清兵衛が申し合せたように揃って嘆声を発した。幸吉はさすがに得意の色を隠せず、土間を行ったり来たりしながら、夢中になって喋りはじめた。

「打ち上げ筒は一丈二尺もあるんですよ。筒は鉄板にたがをかけてある。じつは今しがた出来たというのはこの筒の方でしてね、玉の方は梅雨が上ると同時に出来ていました」

「三十二貫の玉を、どうやって筒に入れますので……?」

清兵衛が訊いた。職人たちは、番頭さんがいいことを訊いてくださった、とでもいうように清兵衛の方に向って一斉に頷いた。

「三本の丸太で足場を組み、綱で玉をくくって滑車で筒の上へ持ち上げます。打ち上げ用の上り薬は、一貫五百匁。打ち上げ用の上り薬が爆発してから、玉が空中で盆を開くまで、おそらく六呼吸か七呼吸かかるでしょう」

幸吉はここで実際に六、七呼吸をしてみせた。その様子を眺めているうちに、京伝は幸吉が二十代のころの自分のように思えてきて、思わず顔にやさしい笑いを泛べた。

あのころ、京伝もなにか戯作の種を思いつくと、そのたびに板元の蔦重《つたじゅう》のところへ走って行って、その思いつきの結構を蔦重相手にまくしたてたものだった。蔦重さん、この思いつきは凄いですぜ、江戸中の人があッと言って魂消《たまげ》ますぜ、千部は軽い、ひょっとしたら三千ははけるかもしれない、そのときは蔦重さんの奢りで吉原で豪儀に三千部振舞いだ、約束しましたぜ。

そのたびに蔦重は苦笑いしていたが、あのころの自分といまの幸吉はなんとよく似ていることだろう。

「……でね、開いた盆の大きさは差しわたしが、多分百五十間にはなるでしょう」

だれが呼んだのか、店には丁稚《でっち》や下女たちの顔もあって、幸吉がなにか言うたびに目を見張り深い溜息をついている。

「幸吉さん……」

烟草切り職人の中でいちばん年嵩《としかさ》の男が幸吉に訊いた。

「その三尺玉の名前はなんていうんですかね？　ほれ、芯になる星がひとつあって、それを真中にぱっと八方に星が散る花火を〝牡丹〟と言い、星がちらちらと舞い降りるのを〝蝶〟と言うでしょう？　その伝で行くと、幸吉さんの三尺玉はなんていうんですかい？」

幸吉は、じつはそれで駆けつけてきたんですよ、と言いながら、京伝の前に寄って、腰をかがめた。

「京伝さん、あたしの三尺玉に恰好な名前をつけていただけませんか。なにしろ、この三尺玉、京伝さんのお蔭で出来たようなものですから、ぜひ、名付親になってやって下さいまし」

京伝はこれまでの一年に、五十両ほどの金を幸吉のために用立ててやっていた。無駄といえば無駄な出費かもしれなかったが、絵双紙の人気作者が商売を始めたというのが何よりの宣伝になって、京伝店のひと月の利益は七十両から八十両はあり、いってみればそうたいした負担でもなかった。

なによりも、幸吉には援助の手をさしのべてやりたくなるようななにかがあった。江戸の夏の一日、夜空に、せいぜい六呼吸か七呼吸で消えてしまうような、あっけのない光の花を咲かせることにあとの三百六十四日を捧げ尽している若者、その奇抜な光の花に江戸の人たちが手を打ってくれればそれで満足で、あとは襤褸《ぼろ》を引き摺り、雪花菜《おから》を無上の馳走と心得ている若者、その純真さに魅かれたといっては、あまりに話が簡単になってしまうが、筆を捨ててからの京伝は幸吉のような若者を見ると、黙っていられなくなるのだった。

「本邦初演の三尺玉の名付親とは嬉しいねえ」

京伝は幸吉に言った。

「だが、幸吉さん、その三尺玉はどんな仕掛けになっているんです。つまり、その三尺玉で幸吉さんは夜の空にどんな模様を描こうというのです。それを伺っているうちにかいい思いつきが泛ぶかもしれませんがね」

「まず、打ち上げ筒を飛び出した玉は玉径五寸ほどの連れ玉をひっぱって三呼吸ぐらいの間、まっしぐらに天に向って駆けのぼって行きます」

幸吉は伏せた目を次第に上方へあげて行きながら、架空の玉を追ってみせた。

「四呼吸目あたりから、連れ玉が割れて破裂し、連れ玉の中から五百の小割が飛び出します。小割というのはサイコロぐらいの火薬の塊りですがね、これには樟脳がたっぷりと混ぜてありますから、白く光るはずです。つまり、雪が降っているように見えるんです」

「まず、雪ですね」

京伝は清兵衛の差し出した筆で、懐紙に「雪」と書いた。

「雪の消えたころ、三尺玉が破裂します。これはお月様に見えるはずですが、破裂と同時に三尺玉の中から四方八方に飛び散っていた小玉が、親玉より一呼吸おくれていっときに破裂します。そのときの小玉は牡丹の花が一斉に咲き誇ったように見えるはずですよ」

「……なんてまあ豪儀な花火ですねえ」

清兵衛が唸った。他の一同も互いに顔を見合せて頷き交している。幸吉は、ちょっと待って下さいよ、と突っかかい棒をかうように両手を一同の方に差し出して、

「わたしの三尺玉はまだ終っちゃいないんですよ。牡丹の後にもうひと捻り、趣向がありましてね」

一同の首はまた幸吉の方へ一斉に伸びた。京伝だけは、逆に幸吉から距離を置こうとでもいうように、すこしうしろへ反り返る。

「田舎の花火とちがうんだ、両国の花火だ、江戸の花火です。牡丹がぱっと咲いて終るだけじゃあ、何の曲もないじゃありませんか。でね、牡丹の中に火薬を塗った紙切れをかくしておきます。こいつがひらひらと舞い降りながら、いつまでも燃えているんですねえ。これは蝶ですよ」

一同はもはや声もたてない。それぞれが頭の中に泛んだ火の蝶の舞うさまを夢中で追っているらしかった。

「雪の次が月で、その次が牡丹。そしておしまいが蝶ですか」

懐紙に手早く心憶えの文字を書き込んでから、京伝は顎の下に筆の軸を当てがい、しばらくじっと幸吉を見つめていた。

「……つまり幸吉さんは、今日の夏の夜空に、どうやら火薬でもって春夏秋冬の四季を

描き出すつもりらしい」

幸吉はにっこりして頷いた。京伝の眼の色が急に険しくなった。

「幸吉さん、あんたはとんでもない法螺《ほら》吹きだ」

京伝はここでにやっとして、

「……でなければとてつもない天才です。むろんわたしは天才の方に賭けていますがね。昼までにあなたの三尺玉にふさわしい名前を考えましょう」

と言った。

そこへ、朝一番のお客が「両国の川開きに持って行くんだ。少々の風にもへこたれねえ火持ちのいい合せ烟草を調合してくんな」と飛び込んできた。

職人が包丁を振ってざくざくと小気味よい音をたてながら、烟草の葉を刻みはじめた。

二

四つ（午前十時）すぎ、髪床へ寄ってから京伝は河岸伝いにぶらぶらと幸吉の細工場の方へ歩いて行った。小声で、雪に月に牡丹に蝶か、と呟いているのは、幸吉の三尺玉につける名前を思案しているからだろう。

河岸添いに何千本、何万本という竹が立て並べてある。このあたりに関東の竹が集められ、そして、ここから全国へ散らばって行くのである。竹置場のうしろには竹問屋の細工場が続いていた。鋸で竹を挽く音が近づいてはまた遠ざかる。右手の川から、おッ、よッ、とッと気合いをかけて掉を押す竹舟の船頭たちの掛け声が川風に煽られて、これまたいやに近くで聞えたり、急に遠ざかってかすかになったりしていた。掛け声のほとんどに潮風に鍛えられた荒々しい房総訛があった。竹舟の多くは船橋浦安伝いに房総からやってくるのだろう。

京伝は掛け声のするたびに軽く頭を振った。

(音に気をとられて、どうもうまくはまとまらない)

そのうちに、強い陽差しを避けるためか、京伝は扇子を開いて額にくっつけ、にわか仕立ての廂《ひさし》を作った。

(名前の件は幸吉さんの細工場に着いてからにしよう)

心を決めて京伝はこんどはゆっくりした歩調になった。

京伝が幸吉の名をはじめて耳にしたのは、一昨年《おととし》の川開きのことである。その年、昼の八ツ半(午後三時)ごろから京伝は、蜀山人《しょくさんじん》や噺家《はなしか》の烏亭焉馬《うていえんば》などと、地本問屋の蔦重が雇い入れた屋形船を両国橋下に繋ぎ、盃を手にしながら涼んでいた。

花火の山場は、むろんあたりが暗くなってからのことである。八ツ半といえば陽はまだ高い。だから上る花火も煙物《けむりもの》ばかりで、前景気を煽るだけの役目しかなく、ほとんどが、無名の花火職人の作った玉ばかりだ。

両国橋を境に、上流に浮ぶ花火舟は鍵屋のもの、下流の舟は玉屋のものというきまりが出来ていたから、京伝たちはたいした期待もせず、盃を舐め舐め、上流と下流を半々に眺めていたのだが、そのとき、上流の花火舟から打ち上げられた一発が、いままで聞いたこともないような物凄い音を轟かせた。

一座ではいちばん年長の蜀山人が、その音に驚いて盃の酒を膝にこぼした。焉馬が東都狂歌界の大巨匠に敬意を表し、手拭で蜀山人の膝を拭おうとすると、蜀山人は「待て」と制した。

「いまのは只の音じゃないな。あんな音を生れてはじめて聞いた」

続いて数発、同じ玉が空中で炸裂した。音は馬鹿でかいが、その音は乾いていて軽かった。「どかん」と書くよりも「かーん」と書いた方がより正鵠《せいこく》だろう、と京伝はそのとき思った。

「こう胸のつかえが降りるような……」

焉馬が胸を撫でおろす仕草をした。

「すかっとした……、すっきりした……、なんかこうさわやかな音ですねえ」

「むしむしした夏場の夕方、雷がいきなり鳴って夕立ちが一過したあとの、あのからっとした気分、あれを思い出しました」

蔦重が焉馬に相槌を打った。

こんどは十数発の玉が、ある間合いを置いて破裂した。ある一発は高く、また別の一発は低く、その次の一発は弱く、そして、その後は強く……。

蜀山人をはじめ京伝、焉馬、蔦重、みんなこの一連の音のつながりを聞いて顔色を変えた。

「わたしの耳がどうかしていなければ、の話だが……」

蜀山人は三人の眼をいちいち覗き込みながら言った。

「いまの音のつながりは、〽猫じゃ猫じゃとおっしゃいますが、という、流行唄《はやりうた》の出しの節だったんじゃなかったかい」

三人は頷いた。三人の耳にも蜀山人と同じように聞えていたからである。

「花火で音曲をやらかそうとはたいした魂胆の職人もいたものだ。いまの花火はたしか上流《かみ》の、鍵屋の花火舟から打ち揚げられたと思いますが、鍵屋の、いったい何という職人なんですかね」

焉馬が花火舟の群れを指しながら言った。

「船頭さん、すまないが舟を鍵屋の花火舟の中へやっておくれ」

蜀山人が懐紙に小銭を包み、きゅっとねじおひねりにし、船頭に手渡した。押しいただいて受け取ってはみたものの、しばらくの間、船頭はおひねりをひねくりながら、首を傾《かし》げている。船頭の傾げた首が、花火舟の中に舟を乗り入れるのは険呑《けんのん》至極ですよ、と語っていた。

蔦重が、是非やっておくれ、と片手で拝む真似をした。雇主に拝まれては勝目が薄い、船頭はおひねりを懐にねじ込んで、橋の柱を掉でとんと突いた。

蜀山人は新人発掘の名手である。いうならばそこが江戸ッ児で、新しもの好きなのだ。京伝の戯作が評判になったのも、「御存知商売物」という黄表紙を、蜀山人に「総巻軸《そうまきじく》極上々吉《ごくじょうじょうきち》」、つまり最上最高最優良と讃《ほ》められたのがきっかけだったし、大工だった烏亭焉馬が本気で噺に打ち込むようになったのも蜀山人に認められ励まされたせいによる。

おそらく今度も蜀山人は、花火で音曲をやってのけた花火職人に、これは新しい、きっとものになるという独特の勘を働かせたのだろう。

一町ほどさかのぼったあたりに、鍵屋の花火舟が十四、五隻ばかりたむろしていた。打ち揚げ音が耳を襲う。ここまで近づくと、もはやそれは音ではなかった。はっきりとしたひとつのものだった。ものが京伝たちの耳の穴に無理矢理に突っ込んでくるのである。

四人は申し合せたように懐紙を揉んでまるめ、耳に詰めた。焉馬はふざけて鼻の穴にも詰めものをしている。むろん硝煙の匂いを防ごうという算段なのである。

花火舟の職人たちが蔦重の舟を見て、離れていろ、あっちへ行けと、手の甲でものをはねのけるような仕草をしていた。花火を打ち揚げるたびに、その反動で舟底が水を押し、波が立った。

船頭は制止の仕草に構わず舟を乗り入れて、花火舟の職人に向って大声をあげた。たぶん、いましがたの音曲の花火を打ち揚げた職人さんはどこかね、とたずねているのだろう。職人の口許に嘲りの色が現われた。いましがたの音曲花火の職人は、仲間たちから変り者扱いされているらしいな、と京伝はその職人の口許を見ながら思った。

船頭は、花火舟の職人の指さす方へ船首を向けた。船首の向うに、岸へ引き返して行く一隻の花火舟がある。花火舟には三尺ぐらいの高さの煙突が三本立っていた。煙突は木造で竹のたがが嵌めてある。その煙突の一本に背を凭《もた》せかけて、若い男がひとり、両国橋の上の雑沓を眺めながら旨そうに烟草を喫っているのが見えた。

蔦重が耳に詰めた紙玉を抜いて水面に抛《ほう》り投げた。京伝たちも蔦重にならって耳の詰め物を取った。

「……鍵屋の若い衆！」

声が頼りの噺家だけに焉馬の声はよく透る。若い男が怪訝《けげん》そうにこっちへ顔を向けた。

「あんたかい、今の音曲花火の細工人は？」

若い男が頷いた。舟が並んだところで蜀山人が声を掛けた。

「ちょっと変った趣向だったねえ」

「ちょっと変った趣向？」

若い男は不満そうな表情になった。

「ちょっとどころか、あんな花火を打ち揚げた職人は、今まで誰もいませんよ。わたしがはじめてなんですから」

「悪かった。大変な花火だったと言い直すことにしよう」

蜀山人は素直に前言を訂正した。

「長生きはするものだ、おかげで思わぬ耳の保養に与《あずか》った」

「ありがとうございます」

若い男も素直だった。煙突を支えにしながら立ち上り、こっちに向って頭を下げた。

「わたしは鍵屋の若い者で幸吉と申します」

蔦重が蜀山人を、京伝を、そして焉馬を紹介した。驚いたことに幸吉と名乗った若者は、蜀山人や京伝の名を知らなかった。真正面からひとりひとりを見据え、それから丁寧に頭を下げるだけで、顔色は全く変らない。

「おまえさんも江戸の住人だ。鍵屋なら日本橋横山町、そこの職人なら、いわば江戸の真中に寐起きしているといっていいはずだが、それなのに蜀山人先生や京伝さんを知らないとは、おまえさんもとんだべらぼうだねえ」

焉馬がやわらかく咎めると、若者はすみませんとまた頭を下げ、

「そのかわりといってはなんですが、来年の川開きを是非とも見てください。こんどは眼の保養になるはずです。寿命が十年は延びます、きっと」

と、きっぱりと言った。

「今年の川開きに来年の川開きの予告をするとはなんとも図太い」

花火舟と左右に別れて両国橋下に向けて船首が戻ったとき、蔦重がひとりごとのように呟いた。

「あの男の頭の中は花火のことでいっぱいで、狂歌や絵双紙や噺などの入りこむ隙は、毛筋ほどもないらしい」

蜀山人が頷いて、蔦重に言った。

「来年の川開きにはまた舟の手配を頼みますよ、重三郎さん」

……これが京伝と幸吉の最初の出合いだった。

この年に音曲花火を打ち揚げて、蜀山人など一部の好事家《こうずか》の注意を惹きはしたものの、幸吉は依然として鍵屋の若い衆のひとりにすぎず、次の年、つまり昨年も陽の高いうちに打ち揚げる前座花火のうちの数発を受け持っただけだったが、彼はこの陽の高いということ、つまり真ッ昼間であるということを逆に活用し、それまで煙物ぐらいしかなかった昼花火に、奇想天外な趣向を盛り込んだ。幸吉が打ち揚げたのは長玉である。長玉というのは円筒状の花火のことで、この長玉が両国橋の真上で炸裂したとき、数万の見物人たちはあっと息を呑んだ。

四方八方へ飛び散った外皮の中から現われたのは一本の丸太ん棒か鉄棒のようなものだった。花火玉の外皮は多くは雁皮紙《がんぴし》で、これはたとえ落下して人々の頭上に降っても別にどうということはない。

だが、棒が落ちて来たのでは事である。見物のざわめきが悲鳴にかわり、橋の上で群衆が右往し左往しはじめた。気の早いのが数人はや逃げを計って欄干を越えて大川へ身を躍らせた。

そのとき、蒼空の棒は大鵬《おおとり》に変身した。棒はまるい大きな翼をひろげ、風に乗って両国橋の真上から下流《しも》の方へゆっくりと翔《か》けはじめたのだった。むろん、大鵬と見えたのは眼の錯覚で、目を凝らすとそれは一本の唐傘だった。傘の柄の下方に鉄の重しがついていて、更に開いた傘の真中に風穴があいていた。この重しと風穴が、傘を正しい状態に保たせる因《もと》になっているのだった。

傘には「かぎや・こうきち」と大書してあった。見物たちは口々に小声で「かぎや・こうきち」とその文字を読んだが、見物の数は数万もいる。ひとりひとりの声が数万合わさって、橋下の屋形舟から見ていた京伝の耳には、それが花火の炸裂音よりも大きく轟くように聞えた。

やがて誰かが、この花火の上々の細工に思わず手を叩いた。それがきっかけになって数万の見物が拍手をしはじめた。拍手の音に消されて、しばらくの間、打ち揚げ音や炸裂音が聞えないほどだった。

だれもが、これで唐傘花火の趣向はすべて出尽した、と考えていたが、じつはそうではなかった。幸吉はその傘の中にもうひとつのどんでん返しを仕込んでいた。

傘が川面から二十間ばかりの高さまで舞い降りたとき、傘の柄の中に仕組んでいた導火紙が燃え進み、傘の柄の上部に隠されていた火薬に到着したのだ。一発の爆音を残して傘は微塵《みじん》となって飛び散り、見物たちの目の前から消え失せた。

このときから、江戸で、幸吉の名を知らぬものはいなくなった。見物たちは、その夜、ほかの花火にはお義理でつきあいながら、真ッ昼間の、あの棒のようなものが空中を落下してきたときの恐怖や、それが一瞬のうちに傘に変化したときの胸のすくような快感や、そして更にその傘が消え失せたときの戸惑いを思い返し語り合い、携えてきた酒の肴にした。そして見物たちは、来年の川開きに、鍵屋の幸吉がいったいどんな趣向の芸を見せてくれるか、そればかり囁き交しながら、帰っていった。

花火見物の帰途、京伝は蜀山人たちと柳橋の船宿の二階で酒を飲んだ。柳橋からならば、吉原の紅燈か深川の緑酒を目当てに舟を仕立てるのが本筋なのだが、混雑でごった返す大川を舟で行くのを嫌って、そのまま柳橋ということになってしまったのだ。

酒が始まって間もなく、焉馬の思いつきで、幸吉を酒席に呼ぶことになった。鍵屋は横山町、柳橋とは指呼の間にある。

「幸吉さん、気の早いはなしだが、来年の川開きには、どんな花火を打ち揚げて、わたしたちを楽しませてくださろうというおつもりです？」

駆けつけてきた幸吉に酒を注いでやりながら、蜀山人が訊いた。

「おまえさんのことだ、来年の趣向はもうとっくに胸の内、というところでしょう」

「そのことなら、十四のときから決まっています」

酒はあまり好きではないと見えて、幸吉は盃をちらと舐めただけで、膳の上に置いた。

「昼花火はつまりません。昼花火なぞ花火じゃありませんから」

昼花火で一躍名を挙げたばかりの幸吉が、その昼花火を詰《なじ》るような口振りなので、京伝たちはすこし驚いて、盃を運ぶ手をとめた。

「十四で鍵屋に入ってからずうっと、わたしは三尺玉というものを打ち揚げてみたいと思ってきたんです。今日、評判をとったおかげで、来年は夜の部に廻れそうですから、三尺玉で行ってみようと思っているんですが……」

「三尺玉、三尺玉と簡単に言うけれど、そんな化物みたいな花火が本当に作れるものかねえ」

焉馬が、唾をつけた指で眉をこすってみせた。すると幸吉は焉馬の方に向き直ってひと膝進め、

「うまく行く見込みはあるんです。あとは作ればいいんだ。三尺玉が炸裂すれば、両国橋の夜は昼になりますよ。暗い夜を真ッ昼間にしてみせる。つまり、この手でお天道様を拵《こしら》える、それが出来たら死んでもいい……」

「馬鹿を言っちゃいけません」

蜀山人が飲み干した盃を横に振った。

「お天道様と張り合ってはいけないねえ。だいたい向う様は一日中照っている。ところが花火は一瞬だ。とても勝負になりませんよ」

「一瞬でいいんだ。ふたつかみっつ呼吸する間でいいんです。その短い間でいい、お天道様に勝ってみたい……」

蔦重が苦笑いして、間に割って入った。

「まあ、短い間だけでも江戸の夜にお天道様がお出ましになれば、世間が喜ぶでしょう。しかし、幸吉さん、その三尺玉、ほんとうに出来そうですか?」

幸吉はふっと肩を落した。

「……実際に作るとなれば、まず、鍵屋《うち》の旦那がやめろというに決まっています。なにしろ、金がかかりすぎます。いまいちばん大きな玉は尺玉ですがね、その尺玉の十倍の費用がかかるでしょう」

鍵屋がやめろというのは費用のことだけではあるまい、と京伝は思った。

たとえ、その費用の都合がついても、鍵屋は三尺玉の製造を幸吉に許すはずはないだろう。そのときは、まだ老中首座に松平定信が就いていたのだが、ちょっと手のこんだ菓子でさえ、贅沢であると禁止するようなお上だから、三尺玉にはきっと口をさしはさんでくるに違いない。

鍵屋はそれを恐れているのだ。幸吉が鍵屋の身内でいる限りおそらく、彼の三尺玉は陽の目を見ないだろう。当の幸吉のためにも、また、その三尺玉の破裂するのを見物して胸のつかえを下げるはずの江戸の人たちのためにも、そして自分のためにも、京伝は三尺玉が江戸の闇を昼間の明るさに変えてしまうところを見たい、と思った。幸吉のお天道様は、奢侈禁止だけを御政道であると信じているようなお上を充分にうろたえさせることができるだろう。

京伝は幸吉の胸許に盃を突きつけて言った。

「幸吉さん、あなたは三尺玉を拵えるためなら、鍵屋を辞《や》める決心もつきますか？」

幸吉はしばらく考えてから言った。

「玉屋の初代も、菊屋の初代も、新規の花火屋は、はじめはみんな鍵屋の若い衆だったそうです。二人とも、自分なりの花火を作りたくて、鍵屋をとびだしています。わたしもそうするよりほかはありません」

京伝は幸吉に酒を注いでやった。

「この秋口に、わたしは京橋に烟草屋を開業するつもりですがね、あなたに三尺玉の金を出せば世間の噂になるでしょう。引札（宣伝用のチラシ）を五千枚配るよりも、この方が噂の種になるはずだ。わたしがその金を出すと言ったらどうします？」

「三尺玉のためなら命を捨ててもいい、と言ったはずです」

幸吉は京伝にそう答えて、苦手な酒を一気に飲み干した。

……河岸沿いの竹置場がようやく尽きて、行く手に白魚橋が見えてきた。京伝は白魚橋の手前を左に曲って、雑草のはびこった原っぱに入った。原っぱの真中に幸吉の細工場があるはずだった。雑草の中を右に左に曲りくねって続く道を歩きながら、京伝は袖で鼻を覆っていた。草いきれがすさまじい。

柳橋の船宿で京伝が幸吉に費用の調達を申し出てからちょうど一年になる。あのあくる日、念のために幸吉は鍵屋の主人に「金の工面がつきそうだから三尺玉を作らせてほしい」と申し出た。京伝の思ったとおり、鍵屋は「金があっても三尺玉はいけない」と一言で、幸吉の申し出をはねつけたそうだ。幸吉はその日以来、京伝の父伝左衛門の支配地であるこの原っぱのぼろ小屋に住みついている。

草いきれのなかに硝焔の匂いが混じり出し、やがて急に目の前が展けた。正面東向きに四間間口の小屋が建っていた。小屋の北側の日蔭に、玉径三尺の白い玉が置いてあるのが見えた。小屋の入口へは向わずに、京伝はまっすぐ三尺玉に寄って行った。

その玉は京伝の鳩尾《みぞおち》ほどの高さがあった。外皮は雁皮紙で、軽く手を触れてみると、荒石の表のようにざらついている。

小屋の裏手に、一丈余りの鋼《はがね》の円筒が立っていた。おそらく三尺王の打ち揚げに使う筒だろう。円筒を三方から囲むようにして、三本の丸太が互いに支え合って立っている。丸太の先端は円筒の真上で束ねられており、そこから滑車がひとつぶらさがっていた。今朝がた、幸吉が、三尺玉は三十二貫もあって、丸太の櫓を組み滑車を利用しなければとても打ち揚げ筒に入れることが出来はしない、と言っていたのを、京伝は思い出した。

背後に足音がした。その足音はかすかに跛《びっこ》を引いている。幸吉は左足が悪い。ちょっと見では気がつかないが、左足を引き摺るようにして歩く。おそらく火薬の調合中か、打ち揚げのときに、左足のどこかを傷つけたのだろう。京伝は背後を振り返りもせずに、幸吉だろうと見当をつけて言った。

「幸吉さん、たいした仕掛じゃないか。こんな大仕掛じゃ、舟の上からは三尺玉は揚がらないね」

「陸《おか》から打ち揚げますよ、京伝さん」

足音の主は京伝の思ったとおりに幸吉だった。

「陸といっても河原ですがね。ほら五番堀埠上《どてうえ》の桜森稲荷の手前の河原です」

「……ということは首尾の松の近くということにもなるが、しかし、両国橋からちょっと離れすぎやしないかねえ」

　幸吉は笑って京伝の心配を打ち消した。

「打ち揚げるのは三尺玉です、江戸ならどこからでも見えるというお化け花火ですよ。一町や二町、両国橋から離れたってどうということはありませんよ」

「そうか。しかし、それにしてもこの大筒を桜森稲荷の前まで運ぶのは大事《おおごと》だ」

「もう運んであります」

　幸吉は、中にお入りになりませんかと小屋を目で指しながら言った。

「今朝、京伝店へ伺う前に、甚太郎と彦三に手伝ってもらって、河原に据え付けてきました。これは試しに拵えた筒ですよ」

　試しの筒を拵えるとは、いかにも失敗の許されない花火職人のやり方らしい、京伝はそんなことを思いながら、幸吉のあとについて小屋の表へまわった。小屋の中は乱雑を絵に描いたように散らばっていた。床の上には薬玄《やげん》や乳鉢《にゅうばち》がひっくりかえっている。篩《ふるい》や糊搔きが放り出してある。向って左の、西側の一角は一段高くなっており、万年床が敷いてあった。このへんには、雁皮紙や西の内渋紙が散乱している。

　正面奥は荒板を三段に並べた棚で、硝石や硫黄や木炭の粉を入れた木箱が載っていた。木箱の間の隙間に白い骨が一本、差し込んである。

「あの骨は……？」

京伝は入口でぎょっとして立ち止まった。

「人の骨です」

幸吉はこともなげに言い、草履を脱いだ。この小屋の中では履物は厳禁だった。いつだったか京伝は、下駄ばきのまま上ろうとして幸吉に怒鳴られたことがあった。別に幸吉は小屋の中が汚れるのをおそれていたわけではなく、小屋の中に散らばっている火薬の中には、ほんのすこし力を加えただけで炸裂してしまう敏感なのがあって、京伝が誤ってそういった火薬を下駄で踏みつけてしまうのを慮《おもんぱか》ったのだった。

「……人の骨とはいったい何の呪《まじな》いです？」

「呪いじゃありません。こまかい粉に削りおろして、火薬と混ぜます。すると火薬は鮮やかな赤い色で燃えましてね」

それから幸吉は棚の木箱をいちいち指さして、鉄粉は閃光剤として最高であるとか、塩は焔に黄味をつけるのに役立つとか、象牙の粉末と明礬《みょうばん》は青い色を出すときに使うとか、水銀は黒煙、青竹の粉は青煙の因《もと》であるとか、火薬の芯には小豆が最適であるとか、例によって、花火のことになると口が動きっ放しになった。

さすがに京伝も辟易《へきえき》してふと目を小屋の右に泳がせると、そこに小柄な若い男がひとりいて、さかんに矢立の筆を懐紙の上に走らせているのが見えた。

怪訝そうにその男を見ている京伝に気付いて幸吉が言った。

「あ、八丁堀七軒町の板行屋《はんこう》むさし屋の人です」

若い男が筆を構えたまま、京伝の方へ近寄ってきた。いわゆる火吹面《ひょっとこづら》で、なかなか愛嬌がある。

「川開きはあたしども読売り《かわらばん》屋にとっても書き入れどき、去年、唐傘花火で名を上げた幸吉さんが今年は三尺玉をぶち上げる、と聞き込みましたので、さっそくこのへんをうろついております」

「どこをうろつこうと構わないが、川開きまでにあと半日もない。これから彫ったり摺ったりしていて間に合いますか？」

「うちには早彫りと早摺りの職人が控えておりますので、あッという間に刷り上ることになっております」

板行屋は、ここで腰を低くし、京伝を下から見上げるようにし、

「ところで京伝先生、幸吉さんの三尺玉に、先生が御命名なさるということでございますが、三尺玉の名前、わたしにも伺わせてはいただけませんか。〝黄表紙洒落本の人気作者京伝先生、本邦初演の大三尺玉に命名！〟こう見出しを振るだけで読売り《かわらばん》の売上げが三割かた違いますので」

京伝はうーんと唸って、右手を顎の下にあてがった。これは京伝が考え込むたびにする癖である。

「雪と月と牡丹……そして蝶か」

京伝はまたひと唸りして、小屋の中を、両国に見世物に出ている熊のように歩き廻った。そのうちに京伝はふっと立ち止まり、幸吉に言った。

「雪中割込月光変化牡丹開発胡蝶の舞い……」

結構でございますねえと板行屋はさっそく懐紙に書き込みはしめたが、幸吉は乗らない顔をして腕を組んでいた。

「それでは……、大日本四季競べ……」

板行屋はまた筆を走らせた。しかし、まだ幸吉はうんとは言わない。

「よし、あっさりと行きましょう。……江戸の四季というのはどうだろう」

幸吉は依然として腕を組んだままである。それを見て不意に京伝の脳裏に、柳橋の船宿で聞いた幸吉の言葉が蘇った。

「そうか、あの三尺玉はお天道様と張り合うはずだったな。幸吉さん、〝夜の日輪〟ではどうかねえ?」

幸吉がにっこり笑った。板行屋が小首を捻りながら懐紙に四つの文字を書きつけた。

幸吉が板行屋から筆を取り上げて、その筆を京伝に手渡して言った。

「京伝さん、三尺玉の横ッ腹に大きく、夜の日輪と書いてやってください」

京伝が三尺玉に文字を書き終えたとき、甚太郎と彦三が大八車を引いて、雑草の茂みの中から現われた。

「いよいよこいつは両国の檜《ひのき》舞台にお出ましか。それでは幸吉さん、お天道様に負けずに、江戸の空にぱっと景気をつけてやってください」

京伝は幸吉の肩を叩き、それからしばらく三尺玉を撫でまわしていた。

三

昼八ツ（午後二時）過ぎ、京伝が外出の支度をしているところへ、番頭の清兵衛が顔を出した。

「旦那様、いつかの松平様の御家中の方がお見えでございますが……」

京伝は思わず舌打ちをした。今年も京伝は、蔦重雇い入れの屋形船で、柳橋から大川へ出る約束になっていた。柳橋の船宿が集合場所だが、落ち合う約束の刻限まで半刻しかない。

「川開きの日の昼すぎからは江戸中どこも休みのようなものだ。今日だけは互いに相手を訪ね合わないというのが町人の申し合せになっているのに、武張った人たちはどうもそれを弁《わきま》えぬから困る……」

ぶつぶつ言って帯をしめていると、清兵衛がくすくすと笑いはじめた。

「じつは旦那様、お客様にはまだ旦那様がいらっしゃるともいらっしゃらないとも申し上げておりません。お出掛けのはずだが、念のため見て参りましょう、とだけ申してきましたが……、どういたしましょう」

「うまいぞ、清兵衛……」

帯をしめ終った京伝は羽織を摑んで、足音を忍ばせながら廊下に出た。

「きょうは居留守を使うことにしよう。京伝はとっくに両国へ出かけたと言っておいてくれ」

かしこまりました、と頷いて清兵衛は店の方へ去った。京伝はそれを見送って、裏口へ廻り、裏の木戸から外へ出、露地から裏道を辿って大伝馬町へ抜けた。大伝馬町の駕籠屋赤岩で駕籠を一挺あつらえようという算段なのである。大伝馬町には木綿屋が軒を並べており、木綿俵を山のように積んだ車を軽子が挽いて行く。

木綿車の間を縫いながら歩いて行くと、背後から、

「京伝どの、京伝どのではないか」

と声が掛った。

振り返ってみると、やはり居留守など使うものではない、松平定信の用人の小林善八郎が駕籠の中から首を伸ばしながら、京伝の方へ近づいてくるところだった。

「いま、お手前のところへ寄ってきたところだ」

いまさら逃げ出すわけにも行かぬので、京伝は駕籠が自分と並ぶのを、立ち止って待

っていた。

「番頭どのの話では、ずいぶん前に両国へお出掛けになった、ということであったが、まだこのへんにおられたのか」

「髪床でちょっと暇をつぶしておりましたので……」

京伝は苦しい逃げを打った。駕籠が京伝と並んだ。小林の指示で駕籠は京伝と歩調を合せている。

「このへんの髪床はずいぶんと下手だ」

小林は京伝の髪を見上げながら言った。昼前に京伝は髪床に寄っているのだが、もう、それから半日経っている。だいぶ髪がほつれてきていた。

「それで結い立てとは、まるで銭を溝《どぶ》へ捨てるようなものだな」

小林は京伝が居留守を使ったことを知っていてわざと皮肉を言っているのだろうか。京伝は小林を薄気味悪い男だと思った。

「本来なら、これから店へ戻って、いろいろとお詫びを申し上げなければならないところですが、じつは今日、よく知っている花火細工人が両国で三尺玉を打ち揚げることになっておりまして、それをどうしても見届けてやりたいと思います。おそれ入りますが、数日後にもう一度、店へお寄りいただけませんでしょうか」

「そのときまでに詞書は書いておいてくれると言うのだな？」

小林は下から京伝を睨み上げた。

「そのつもりでおりますが……」

「つもりでは困る。殿の御所望なのだ。お手前が書かねば、わしはこれだ」

小林は駕籠の中で腹を切る真似をしてみせた。それから手を喉首に当てて、

「さもなくばお手前がこれだ」

笑って言っているところをみると、ただの脅かしなのだろうが、どっちにしてもあまり気分のいいものではなかった。

「お手前はたかが数冊の詞書を書くのに、いったい、何を考えておられるのだ。気楽になされ、気楽に……」

小林は吐き捨てるように言うと、駕籠屋を急がせて去っていってしまった。

京伝は胃の中でなにか冷たいものが渦巻いているのを感じ、しばらく赤岩の土間で休ませてもらった。

途中で思わぬ道草を喰ったせいで、京伝が柳橋へ着いたときは、蜀山人も焉馬も蔦重もすっかり出来上り、揃いも揃って金時様のような顔をしていた。

すぐに屋形に乗り込んで大川へ漕ぎ出した。大川の空は、煙物の花火の、青や赤や黄の残煙でうっすらとけむっていた。そのけむったところへ次々に新手《あらて》新手の青・赤・黄が炸裂音と共に繰り出してくる。まるで空は浮世絵師の筆洗のようである。普段ならは

っきりと望める富士も筑波も今日だけは煙の幕の向うに姿を隠してしまっていた。

水の上の混雑はさらにひどい。焉馬は酔った余興に、川面に浮ぶ舟を数えはじめたが、五十までで諦めてしまった。京伝が眺め渡したところでは、屋形船がざっと六十、屋根舟はその十倍。しかも、この七百近い屋形船と屋根舟の間を、酒売舟、西瓜舟、菓子舟、そして後架《こうか》をしつらえた小舟などが、けたたましい売り声呼び声をあげながらせわしく漕ぎ廻っている。水の上に居て水の面が見えないほどの混みようである。

大川へ出た途端、京伝たちの舟は先へ行くもならず、後へ引くもならず、立往生してしまった。

「旦那方、今年はここで花火見物ですな」

船頭は掉を捨てて艫先《へさき》に腰を下して烟草入れを出した。

京伝は立ち上って、首尾の松の手前の河原の方角に目をやった。あの三尺玉打ち揚げ用の筒がひょっとしたら見えるかもしれないと思ったのである。だが、見えたのは屋形・屋根舟の屋根ばかりだった。京伝は諦めて、目を左右の陸《おか》に転じた。陸の上も呆れるほどの人出である。首尾の松の対岸は本所石原の河原通りで、そこには松浦豊後守の屋敷がある。その屋敷から椎の大木が往還へ枝をつき出しているのだが、その椎の木の枝にも人が鈴なりになっているようだった。振り返ればむろん長さ九十六間の両国橋は群衆を満載し、雑沓を極めていた。

去年まではまだあの松平定信が老中の座にあって、彼の倹約令が幅をきかせていたが、その定信はもう幕閣を退いている、この怖しいほどの人出はおそらくそのせいだろう、と京伝は思った。

ふと、火玉の出る筒音と煙玉の炸裂する響きが途絶えた。まわりの舟々の見物客たちの話し声が、それらにかわって浮び上る。

「鍵屋の幸吉という職人の昼花火はまだかい」と左の舟で商家の御隠居らしいのが横の娘に訊いている。「あら、幸吉は鍵屋はやめたのよ。自前で夜花火を揚げるらしいわ」と娘が答えている。「夜かい、待ち遠しいねえ」と、御隠居が歯のない口で煎餅をまたしゃぶりはじめた。

「三尺玉だってよ」右の舟で職人らしい風体の四人組が噂をしあっている。

「幸吉が今夜打ち揚げるのはお化けみてえな大玉だってよ」

どこを向いても幸吉の噂である。京伝は自分のことのように嬉しくなった。気がつくと、さっき胃袋の中に感じた冷たいものはもう綺麗さっぱりなくなっている。

「たいしたもんだな、幸吉さんは……」

蜀山人が言った。

「なにしろこれだけの人がみんな幸吉さんの出を待っているんだからねえ。わたしの狂歌仲間の五代目市川団十郎だって、今日の幸吉さんの前では、敵じゃないね」

「こんなことを言っては悪いが……」

蔦重が、蜀山人と京伝の顔を等分に見た。

「蜀山人先生も京伝さんも共に幸吉の敵じゃありませんね。ここに集まった人たちは幸吉を待ちかねている。お二人の人気が幸吉さんほどもあったら、わたしども板元ももうちっとは楽な商いが出来たんですがね」

悪い冗談をいうやつだ、というので蔦重の前に罰盃が集まった。そのうちにふと、しんみりした口調で焉馬が言った。

「幸吉さんには一生に一度、こういう晴れの舞台があってもいいんですよ」

「それはそうだとも」

京伝が焉馬を途中から引き継いだ。

「あの人の左の頰の火傷の跡、手の甲の火傷の跡、そして、躰中に点々とある火傷の跡、あれはみな花火の苦労、その苦労が酬われたのです」

三人は頷きながら、盃を傾けている。

「それから、幸吉さんの左の足に気がつきましたか?」

焉馬だけが、うん、と首を振った。

「今度、よく見てください。左足を引き摺っていますから、あれも花火の……」

「おっと、それは違いますよ、京伝さん」

今度は焉馬が京伝の話を途中で引き取った。

「あれは花火のせいじゃありません。じつはわたしこの間、横山町の旦那衆の集まりに呼ばれて一席伺ったんですが、その席に鍵屋さんもおいでになりましてね、噺のあとに幸吉さんの話が出たんですよ」

鍵屋が焉馬に話してくれたところによると、幸吉は鍵屋に引きとられたときから利発で骨惜しみせずに働く子どもだったそうである。そこで鍵屋がなにくれとなく目をかけてやっていたところ、それが裏目に出て、あべこべに朋輩のねたみとうらみとそねみを買い、ある年の正月、鍵屋夫婦が成田山参詣で五日ほど家を空けた留守に、その朋輩たちから、ごくごく些細なことを種に折檻をされ、そのとき以来、左足を引き摺るようになったらしいのだ。

その折檻というのが、細工場の花火の外皮に塗りつける紙どろを作る水槽に水を張って、そこに一晩中正座させるというむごいやり方、おまけに正月の寒いころ、幸吉の足はいっぺんで凍傷にかかってしまい、特に左足は脹《ふく》れ上ったうえに崩れて、一時は切り落すか、残すかという騒ぎになったというのだった。

「……でも、幸吉さんは最後まで、鍵屋さんに、自分を折檻した朋輩の名前を告げ口しなかったそうです」

「じれったい話だねえ」

京伝は腹立たしげに言った。

「いったいなぜ黙っていたんだろう？」

焉馬の目にほんのわずかの間だったが、きびしい、そして淋しい色が現われた。

「京伝さん、あんたは裕福な質屋の坊ちゃんで育てられた人だから、そのへんのところがよくおわかりにならない。でも、わたしには判るんですよ。わたしは小さいころから、親戚の家で育ちましたからね。告げ口をすると、そこにますます居辛くなるんですよ。そいつらは次にはもっと底意地の悪いやり方で攻めてきますからね」

焉馬はここで深い溜息をつき、自分に言いきかせるように呟いた。

「……行くところのないやつは、どんなことがあっても黙って辛抱し通す外に手がねえんだ」

すると幸吉があの三尺玉で夜の闇を昼の明るさに変えようとしているのは、黙って辛抱し通す外に手のなかった寒い夜への仕返しなのかも知れない、と京伝は思った。

舟の上を硝焔の混じった涼風が駈け抜けて行った。あちこちの舟で扇子や団扇を動かしていた手がとまった。

気がつくと、もう陽はだいぶ西に傾いていて、両国橋の長い影が、京伝たちの舟のすぐ後まで伸びてきていた。

しばらく途絶えていた筒音がいっときに数カ所で起った。三呼吸か四呼吸ほどして、頭上に閃光が走った。見上げると、それはもう煙物ではなく夜花火、いわゆる浮模様というやつで、薄暮の中にまず赤い盆が開き、赤が消えるとやがて、盆に青色が浮き上った。

「火うつりの味わい日本一！」

「あっちゃあ、あっちゃあ、鍵屋！」

いつも芝居小屋あたりで役者に声をかけ馴れているのだろう、間合いよく極まった掛け声が遠くでしている。

つづいて、しだれ柳が揚った。大桜が咲いた。流星が飛び交い、それから天下泰平の文字うつり。上ばかり見上げているうちに首筋が痛くなった。

「こんな趣向どんなもんですかね？」

焉馬が盃に酒をなみなみと注ぎ、盃の酒を手鏡がわりにして、花火をその上に写した。そして、光の消え失せないうちにぐいと酒ごと花火を飲んでみせた。

「尺玉をひとのみ、豪儀な気分でさ」

京伝たちも焉馬にならった。四人でしめて五、六十個の花火を呑み込んだころ、一隻の小舟が巧みに船と舟との間を縫って近づいてきた。

「評判評判、花火の神童白魚橋の幸吉が、今夜打ち揚げるは前代未聞の三尺玉だ。三尺玉のその名前〝夜の日輪〟とて、これ人気戯作者山東京伝先生が名付けの親！　さあ詳しくはむさし屋の読売り《かわらばん》を御覧《ごろう》じろ。一枚四文。残部僅少。売り切れたとて増刷なし」

板行屋の左手に掛けた読売り《かわらばん》の束《つか》はみるみるうちに薄くなって行く。

たしかにむさし屋には早彫り早摺りの名人がいるらしい、と京伝はにやにやしながら板行屋を眺めていた。きょうの昼に思いついた花火の名をもう刷りものにしている。

焉馬が一枚買ったのを、右から蜀山人、左から蔦重が覗き込んでいた。もう陽はとっくに沈み、あたりは暗い。だが、ひっきりなしに頭上で開く光の輪が、読売り《かわらばん》読む人の行燈がわりになっている。

「ずるいお人だ、京伝さんは……」

焉馬が京伝の膝に手をのばし抓《つね》る真似をした。

「これだけの大事《おおごと》をよくもまあいままで隠していなさったね」

「しんみりした話の風具合に、つい忘れてしまっていたのだよ」

「それにしても〝夜の日輪〟とは、幸吉さんはいよいよお天道様と張り合うつもりらしいな」

蜀山人がそう言うと、蔦重が、

「まったく図太いが上にも図太い。図太さに辵《しんにゅう》を掛けたような人だ」

と応じた。

花火はいまがたけなわか、美しい星が次から次へと飛びだして、これが青に赤に華と開き、柳と散る。

さすがは鍵屋だ、尺玉より大きいものは、むろんないが、一発一発に出来不出来がなく、小さいがそれぞれ小綺麗にまとめてある。もっとも、それだけの事だ、そこへ行くと幸吉のはただただ凄いはずだ、京伝は一応は鍵屋の花火細工に感心はするものの、結局はまだ見たこともない幸吉の三尺玉の肩を持った。しかし、幸吉はいったいいつあのお化け花火を打ち揚げるつもりなのだろう。時が経つにつれて気が気ではなくなり、ずん！　とどこかで重い大きな筒音がするたびに、京伝は空を見上げていた。

事件が起ったのは夜五ツ（午後八時）頃である。隣りの舟の職人四人組のうちのひとりが、どこかで大用でも足しに行っているうちに聞き込んで来たのだろうか、

「たいへんだ！　幸吉の三尺玉は揚がらねエぜ」

と叫びながら戻ってきたのがきっかけで、そこいらじゅう大騒ぎになってしまったのだ。

「人を担ぐと承知しねえぞ！」

残っていた三人のうちの兄貴分らしいのが怒鳴った。

「嘘だろう？　なら早く取り消せ、この莫迦《ばか》野郎！」

「なんで嘘なんかつくもんか！」

戻ってきた男が怒鳴り返した。

「陸《おか》で小耳にはさんできたことを親切に教えてやっただけじゃねえか。そんなにおいらの言うことが信用できねえんなら、手前の耳で聞いてこい」

戻ってきた男は真剣になって腹を立てていた。京伝がいきなり隣りの舟に跳び移った。

「職人さん、そりゃ本当に確かなことですか⁈」

「またおれを疑っている野郎が一匹殖えやがった」

戻ってきた男は京伝の襟を摑んでゆさぶった。

「もう承知できねえ。やい、おれに痛ぶられてェのか⁈」

「どこで聞いたんだ！」

京伝は激しい勢いで男の手を振り払って、逆に男の胸倉をとった。男は京伝の見幕にひるんで、

「だ、だ、だから陸《おか》だといってるだろ……」

と、苦しそうに首を河岸に向って廻した。

「陸じゃ専らの評判だぜ。それにおれは念には念をというのが親の遺言だもんでね、見廻りに立ってるお役人にもちゃんと聞いてきたんだ。お役人も、ああ、と頷いてたがね」

男が話し終えたとき、京伝の姿はもうそこにはなかった。生れてこの方、人と争ったこともなく、浮世絵を描く筆と戯文を記す筆よりも重いものを持ったことのない京伝に、よくもまあこれだけの気迫が残っていたものだと、彼を知る人ならだれでも驚いたに相

違のない勢いで、京伝は船から舟へと跳び渡り、河原へ降り立った。

目の前の床几《しょうぎ》に徒士《かち》が腰を下して夜空を見上げていた。が、血相を加えて近づいてくる京伝に気づいて、ぎょっとしたように躰を浮かし、左手を腰の刀に添えた。

「お、お伺いいたします、幸吉という花火職人の三尺玉の打ち揚げが中止と噂にききましたが、それは本当でしょうか」

徒士は、なんだまたか、という顔になって浮かしかけた躰を床几に戻し、刀に添えていた左手で、自分の左頰を打った。蚊を叩き殺したのである。

「……だれもかれもみな同じことばかり訊きにくるのう。たしかに、幸吉の三尺玉は中止と決まっておる」

京伝の胸は早鐘のように搏《う》ちはじめた。

「ど、どうしてでございますか。幸吉の身の上になにか……」

「うむ、花火細工渡世お構いの上、江戸三十里四方所払いだ」

まだ奢侈禁止令が生きていたのか、京伝は思わず河原の石を掴んだ。三尺玉なぞ無益の塊り、所払いをもってお咎めとする、有難くお咎めを受けよ、とお上はいうのだろう。

「……三尺玉がどうして無益なのです。これだけ大勢の人間が、幸吉の三尺玉の揚がるのを今か今かと待っているのが見えないのですか?!」

京伝は石を河原に叩きつけた。

「なにを申しておるのか、その方は……」

徒士がこんどは右頬を叩いた。

「三尺玉が無益だから幸吉がお咎めを受けたのではない。有害だからだ」

「有害……?」

「幸吉の申し立てによれば、三尺玉は二百間は飛ぶそうだ。しかも玉の重さは三十二貫、これは、もはや花火ではない、大炮である、というのがお上のご判断だ。たとえば天下に弓引く謀叛の輩が、この三尺玉を入手、あるいは開発したとすればどうなるか。馬場先門から、あるいは半蔵門から、または田安門から、お城に玉を打ちこむことが出来るのだぞ。もしも、その方が幸吉と繋りのある者なら彼奴が所払いで済んだことを有難いと思わなくてはいかんな。そうでなければ謀叛の一味徒党、その方、死罪はまぬがれぬところだったかも知れぬ……」

「そ、そんなばかな!」

京伝は叩きつけるように言ったが、そのとき申し合せでもしたかのように、上空で尺玉が炸裂した。まるで尺玉は京伝になりかわって大音声を張り上げているかのようだった。

「なぜ花火がいけないんです! たかが花火ではありませんか!」

「そうですよねえ、ずどん・しゅるしゅる・ぴかっ・どかん! これだけのことでしょう？」

いつの間にか京伝の背後に焉馬が立っていた。焉馬と並んで蔦重もいた。蜀山人は四、五歩、間合いをあけて立っている。蜀山人すなわち大田南畝《なんぽ》、彼の出自も同じく徒士、多少遠慮があるのだろう。

京伝は勢いづいた。

「とにかく夜空を一瞬焦がすだけ、考えてみればじつに他愛のない遊びです。幸吉には作った甲斐があった、見物衆には来た甲斐があった、そしてわたしは金の出し甲斐があった。だれも損をする人はおりません」

「構わずに揚げちゃったらどんなもんですかねえ」

京伝の背後で、焉馬が蔦重に言う声がした。

「そうすりゃ三尺玉も浮かばれますぜ」

「それはいい思案かもしれないねえ……」

そのとき、蜀山人が、「三尺玉を揚げれば首も飛ぶのだよ」と言いながら、京伝の横に近寄ってきた。

「幸吉はむろん、あんたがた三人の首もだよ」

蜀山人は高島猪之助という花火細工人の話をした。猪之助はやはり鍵屋から出た職人で、お上から割当てられた尺玉が年に五十発だったのを、一発二発ぐらいはいいだろうと数を殖やし、そのためにお咎めを受け、水牢にひと月浸《つ》けられ、それがもとで死んだ。下働きの職人たちも、たいていが遠島、軽くても江戸を所払いになった。京伝もむろん、猪之助のことは話に聞いて知っていた。ただ思い出さなかっただけだった。

聞いているうちに京伝は目の前の河原にいきなり深い穴があいたような気がし、頭がくらくらとなった。それまで、京伝は己れの首が飛ぶかもしれないなどとは露ほども考えていなかったのである。言いかえれば、他人のことだから蜿蜒《えんえん》と粘っていたのかもしれなかった。三年前の手錠の重さがにわかに手首に甦って来、京伝は思わず両の手首を二、三度振った。

眼の端に蔦重を入れると、彼も下を向き、草履の先で河原の石を弄《いじ》くっていた。

京伝はみるみる心が萎えて行くのを感じた。

「……まあしかし」

と京伝は誰に言うともなく呟いた。

「わたしたちは言うべきことはきちんと言ったのだ。まあ、こんなところだろう」

なにがまあこんなところなのか、京伝にも自分の言っていることがよくはわからなかったが、すくなくとも、このことばは引っこみのきっかけにはなったようである。四人はなんとなく徒士の前を立ち去った。

徒士もまた、どうもわけがわからない、という表情で四人を見送りながら、しきりに左右の頬を叩き蚊を追っていた。川開きの花火は終りに近づいたようで、筒音や炸裂音が次第に間遠になっていった。

四

あくる日の夜五ツ半（午後九時）、京伝は店の天神机の前に正座し、ゆっくりと墨を摺っていた。机の上には、松平定信の用人小林善八郎から預かった洒落本が置いてあった。

時折、京伝は墨を持つ手をとめ、眉間に深い皺を寄せた。戸締りをたしかめに店に出て来た清兵衛は、主人が机前に端座しているのを認めて猫のように足音を忍ばせた。土間に降りて京伝の正面に廻ったこの主人思いの番頭は、燭台の明りに浮び上った京伝の眉間の深い皺を見て、このところ毎夜のように机上に突っ伏したまま眠ってしまうのが因《もと》で、主人の健康になにか異変でも起ったのではないかと、心を痛めた。

だが、清兵衛の心痛は的を外れていた。京伝の眉間の深い皺は彼の心の疼きが原因だった。首が飛ぶよと蜀山人に言われてすごすごと尻尾を巻き、お上の小吏の前から姿を隠した自分を考えると、そのたびに京伝は情けなくなってしまい、思わず眉をしかめてしまうのだった。

他人に加えられた理不尽な押しつけに対しては割と最後まで対抗できるのは、それによって世間にいいところを見せることが出来ると踏んでいるからだろう。むろん、とことんまで追いつめられたら、最後の最後には、いつでも逃げ出せる。「結局はあなたはあなた、わたしはあなたではありません。あなたが結論をお出しになればよい」これは遁辞であるが、しかし、このことばを詰《なじ》ることは誰にも出来ないのだ。

そうするとわたしは親切めかした意気地なしかもしれぬ、京伝はそう思ってまた墨を摺る手をとめてしばらく考えこんだ。

たしかに、京伝は、さからって痛めつけられるのが怖いのだった。これもやはり意気地なしの性《さが》であるからだろうか。京伝はそう思って、また眉間に深い皺を刻み込んだ。昨夜の一件ではこのふたつが一遍に顕われてしまった。惨めな思いが一層身に沁み、ますます憂鬱になっていった。

だが、戯作者という連中はごく一部の例外を除いてはみなそうなのかもしれない、と京伝は思い直す。

戯作者は強いものに好んで噛みつくが、しかし、相手が本気となったら、いち早く降伏する。わたしは筆を断ち、蜀山人大田南畝は戯作戯詩の泥を素早く洗い流して幕府の能吏に鞍替えをした。そして、蔦重は戯作を避けて錦絵の板元として新しい評判をとることに汲々としている。

もっとも、それでいいではないか、固く考えてはいけない、という声もどこかでしていた。なにしろ敵は大勢味方はひとり、敵は強力味方は非力、ひとりぐらいがいくら鯱《しゃち》鉾《ほこ》ばってもなにも変りはしない。分に応じて人並みに天授の寿命を全うできればそれはそれで大いに結構ではないか。

思いめぐらしているうちに、京伝の愁眉がようやく開きはじめた。これでようやっと詞書を書くことが出来るかも知れない。

京伝は墨を持つ手に力を籠めた。清兵衛はそれを見てほっと肩の力を抜いた。

そのとき、表の板戸を叩く音がした。寐烟草を切らした近所の客や烟草中毒で買い置きがないと安心して眠られないという客が、よく夜更に板戸を叩くことがあるが、そういった客の叩き方とはどこか違っていた。それはあたりを憚るような、ひそやかな、それでいて気焦った音だった。

清兵衛が板戸の向うへ、

「どなたでしょうか、もう店は閉めてしまいましたが……」

と小声で言った。板戸の向うからも声が返ってきた。

「……清兵衛さんだね？　おれだよ、白魚橋の幸吉だよ」

清兵衛ははっとして帳場の横の京伝を振り返った。京伝はしばらくの間うろたえていた。

昨夜、両国からの帰り、京伝は駕籠屋に遠廻りをしてもらい、白魚橋近くの幸吉の細工場に立寄ったのだが、そのときの細工場はただ暗く、人の気配は全くなかった。ただ、夜の闇の中に、その闇よりも一層暗く濃い色合いで、例の試しに幸吉の拵えた打ち上げ筒がおぼろげに見えただけだった。三尺玉は白いから、目をこらせば見えるはず、三尺玉がどこかに置いてあれば、それは幸吉が一旦は細工場に戻った証しだと、だいぶ長い間、その場に立ち尽していたが、それも見つからず、きっと幸吉は即刻所払いになってしまったのだろう、そのうち落着いた先から書状の一本も届くはずだとひとり合点して京伝は家へ戻ってきたのだった。

それがまだ江戸にいたとは、うれしいような、その半面、困ったような気が京伝にはした。幸吉は昨日の昼すぎまでは前途洋々の花火細工人だったが、いまは咎人《とがにん》なのだ。咎人に敷居を跨がせたりしたら、後々、どんな詮義を受けるかわかったものではなかった。このことが京伝をためらわせたのである。

表の板戸がまた鳴った。

京伝はとにかく逢ってやらなくてはあまりにも幸吉が可哀想だ、という気になって、清兵衛に、

「早く入れておあげ」

と頷いてみせた。

清兵衛が潜り戸の心張棒を外すと、それを待ち兼ねていたように、表から戸が開いて、

転がるようにして、幸吉が飛び込んできた。そこを見計って清兵衛がすかさず戸を閉め直す。

幸吉はそのまま坐り込み、土間に両手をついたまま、激しく両肩を上下させていた。ここまでよほど急いでやってきたらしい。

京伝は呼び掛ける言葉も見つからず、ただ幸吉を眺め下ろしていた。清兵衛は小走りに奥へ駆けこんだ。また、幸吉に水を振舞うつもりなのだろう。

ようやく呼吸が整ったのか、幸吉が面《おもて》を上げた。燭台の灯の当たり具合のせいか、幸吉の左頬の火傷の跡が不気味に光っていた。

「たいへんな川開きだったな……」

京伝が言った。

「こんなことになるとは思ってもいなかったのだが……、幸吉さん、わたしはまるで夢のようだ」

幸吉は京伝が思っていたよりもずっとしっかりした声で言った。

「いろいろ御迷惑をかけました」

幸吉はいつまでも京伝に向って頭をさげている。いいんですよ、そんな馬鹿丁寧なお辞儀をしなくても、と京伝は片方の足を裸足のまま土間に下ろし、幸吉の肩のあたりを抱き寄せるようにして、上り框《がまち》に坐らせた。

「わたしの方の迷惑はとにかくとして、幸吉さん、あなた、昨日からまる一日、どこへ姿を隠していたんです？　聞けばあなたは、明日の早朝、役人と同道して、東西南北どっちでもいいが、とにかく江戸から三十里はなれたところへ旅立たなくてはならない身の上、今日は朝から何度も役人が来ましたよ。幸吉さんがどこへ行ったか知らないか、と言ってね」

「昨夜おそく三尺玉を細工場まで運んで帰って、それから、あっちこっちいろんなところをぶらぶらほっつき歩いてたんです」

幸吉の顔にやさしい笑みがかすかに浮かんでいた。それにはかえって京伝の方が驚いてしまった。こっちは幸吉の身の上も心配であるし、幸吉とのかかわりあいでお上の目がこっちにまで光ってきやしないかと、それも気がかりで、いらいら気を揉んで一日を過した。だが当の本人は自分たちの心配をよそに笑っている。

「人に伝言を頼むなりなんなりしてひとこと様子を知らせてくれてもよさそうなものだ」

つい、終りの口調が荒っぽくなってしまった。

「じつは考えごとがありましたので……」

「そりゃわかります。ですがねえ、幸吉さん、出来てしまったことは仕方がないじゃありませんか」

京伝は急にやさしい口ぶりに戻った。

「昨日までの幸吉さんは江戸の人気を一身に集めた花火の細工人だった。それも若手随一、前途は洋々の、だ。ところが何の悪事も働いていないのに、今日はお咎めを受ける科人《とがにん》になってしまった。こんなことは理屈で考えたって一生分りっこありませんよ。どこか静かなところでしばらくのんびり暮して、元気が戻ってきたら出直すことです。昨日までのあなたの半生は悪い夢だったんです。これからが本当の人生かもしれませんよ」

言い聞かせているうちに、京伝はいつの間にか、幸吉が手錠のお咎めを受けたときの自分に思えて仕方がなくなってきた。

清兵衛の汲んできた水を、幸吉が旨そうに飲む間、京伝は商売物の夏烟草入れを引き出しから一個とり出し、刻み烟草を詰めるかわりに、中に幾許《いくばく》かの金子を滑り込ませた。

「幸吉さん、これがここのところ一寸評判のうちの夏用の烟草入れです。使っていただければ有難いが……」

烟草入れを両手で包み込むようにして受け取った幸吉は、長い間、目をその上に落していた。やがて幸吉は烟草入れを懐の奥へしっかりと仕舞い込み、

「京伝さん……」

と、言いかけて、京伝を見上げたが、そのまま京伝と清兵衛に軽く頭を下げ、心張棒を外して外へ出ていった。

片方の足を引き摺って歩く特徴のある幸吉の足音が、京伝の耳にしばらく残って聞え

ていた。

ほっと我に返った京伝はまた天神机に向って坐り直した。今夜は京伝とつきあうつもりか、潜り戸に心張棒をかった清兵衛は、店の端の方に坐って、売上帳を燭台の灯の方へ傾けて、静かにめくりはじめた。

しばらくの間、京伝の店には、燭台の芯の燃える音と、京伝の筆の音だけが聞えていた。ときおり、その静けさをかき廻すのは迷い込んだ羽虫の障子にぶっつかる音だけである。

幸吉が出て行ってから小半刻たった。

と、突然、どこか近くでなんとも言い現わしようのない大音響が轟き渡った。びりびりと障子が打ち震え、地面を地鳴りのようなものが走ってきた。烟草入れを入れた引出しの引具ががちゃがちゃと鳴った。

京伝ははじめのうちは地震だと思っていた。だがふと、いまの大音響が白魚橋の方角で起ったことに思い当り、裸足で外に飛びだした。

近くの家から幾つもの首がのぞいていた。だれかが素ッ頓狂な声で叫んでいるのが聞えた。

「あれ？　花火じゃないか」

見上げると、夜空の一面に白い雪が降っていた。その光の雪は空の途中から不意に現われて降り、空の下ほどで現われたときと同じように不意に消えた。

雪が降り尽したと思われるころ、江戸の夜はいきなり真ッ昼間に変った。あまりの眩しさに顔を後へ引きながら見ると、茶盆ほどもある光の大輪が、白魚橋の上空にゆらゆらとかかっている。数呼吸ほどおいて骨の芯まで響くような炸裂音が遅れて届いてきた。

やがて、空にあった一切の光が消え失せ、真の闇があたり一帯に垂れこめた。と思ったのはじつは一瞬のことで、こんどは空のあちこちに牡丹の花が満開し、その花のまわりを光の蝶が戯れ遊んでいる……。

「幸吉さん、やりましたね」

清兵衛が息を弾ませて京伝に言った。

京伝は、乱れ飛ぶ光の輪の中にふと幸吉を見たような気がした。

幸吉は得意気に見えたが、いつも足を引き摺って歩いていたあの後姿が不意に思い出され、京伝は、鋭い錐《きり》で刺されたような胸の痛みを覚えた。

杉田玄白　喜多川歌麿

玄白歌麿捕物帳

# 酔った養女

笹沢左保

登場人物：**杉田玄白**（すぎた　げんぱく）

1733（享保18）年生まれ。江戸牛込の医者の家系に生まれ、1753（宝暦3）年に小浜藩医となり、1757（宝暦7）年に藩医の仕事を続けながら日本橋で町医者を開業。この時期から、平賀源内や中川淳庵との交流が始まる。1771（明和8）年に中川がオランダ大使館から借りてきた医学書『ターヘル・アナトミア』に感銘を受け、1774（安永3）年には中川、前野良沢らと共にこれを和訳し、『解体新書』として刊行する。晩年には「天真楼」と呼ばれる医学塾を開く一方で、回想録となる『蘭学事始』を執筆し、日本の医学に大きな影響を残した。1817（文化14）年、死去。

---

**笹沢左保**（ささざわ　さほ）

1930年（昭和5）年、東京府淀橋町生まれ。郵政省簡易保険局での勤務の傍ら、懸賞小説への投稿を繰り返し、1960（昭和35）年、初長編の『招かれざる客』が第5回江戸川乱歩賞候補次席を受賞し、本格的な作家活動を開始。1961（昭和36）年『人喰い』で第14回日本探偵作家クラブ賞を受賞。1970（昭和45）年に初の時代小説「見かえり峠の落日」が高く評価されると、その翌年、「木枯し紋次郎」シリーズの第一作「赦免花は散った」を発表。このシリーズはテレビドラマ化もされ、流行語も生まれる大ヒットとなった。2002（平成14）年、死去。

一

天明四年の五月下旬に、江戸は日本橋本町三丁目で大変な事件が起きております。事件が解決してから、これは前代未聞の出来事だと大騒ぎになり、江戸中の話題をさらったものでした。

陰暦の五月下旬は、もう夏も盛りということになります。昼間であれば真っ青な夏空に、銀色の雲の峰がそそり立ちます。蟬の声もやかましいほど、耳にするようになるのでした。

夜になってようやく涼風が立ち、歩くことも苦にならなくなります。

この日、蘭方医《らんぽうい》として名高い杉田《すぎた》玄白《げんぱく》は内神田の鎌倉町の知人の家を訪れ、長居をして帰途についたのが五ツ（夜八時）でした。これから、浜町《はまちよう》河岸《がし》の私邸へ戻らなければなりません。

ただし、急げば汗をかきます。夜風に吹かれての散策が心地よいとばかりに、杉田玄白は五十二歳という年齢にふさわしい足運びで歩きます。

鎌倉河岸《がし》から右へ折れて竜閑橋を渡り、常盤《ときわ》橋のやや手前で東へ転じました。そこは、日本橋本町の通りです。本町はその名のとおり、江戸の町屋の本ということになります。

江戸の町割りの最初に手をつけたのが、この本町だからでした。いまでも日本橋の本町は、江戸の中心地と見なされております。本町一丁目には、金貨鋳造発行所の金座がありますまた一、二、三丁目には、江戸の町人の最高行政官に相当する町年寄のお役所もありました。本町には多くの問屋が軒を連ねていて、豪商や大店《おおだな》ばかりの町としても知られております。

杉田玄白は竜閑橋と本町一丁目とのあいだで、偶然にも顔見知りの岡っ引と出会いました。初音《はつね》の丑松《うしまつ》という十手《じって》持ちで、手先の若い衆をひとり連れております。

「おや、これは杉田先生……」

四十をすぎた岡っ引の丑松ですが、苦労人だけあって愛想笑いを忘れません。

「初音の親分、このような時刻にどちらへ……」

杉田玄白はものに動じない性質《たち》なので、どこで誰と鉢合わせしようと驚かないようです。

「御用の筋で駆け回っておりやしたが、ようやく事が片付きやした。これから両国へ、引き揚げるところでさあ」

「それでは、道連れができたということか」

「いかがなすったんです、お供もなしに夜歩きをなさるなんて……」

「わしならば、案ずることはない。杉田に腑分《ふわ》け(解剖)をされては敵《かな》わぬと、悪党どものほうが逃げ出すのでな」

「そいつは、どうでしょうか。ご承知のとおり、たいそう物騒な世の中になりやしたんでね。先生だろうと盗賊どもは、容赦しねえかもしれやせん」

「親分の御用の筋というのも、盗賊を追ってのことじゃろうが」

「へい。六日前に京橋の藤田屋《ふじたや》に押し入った目隠しの一味の行方を、嗅ぎ回っての帰りでござんしてね。まあ何とか一味のひとりが、外神田の佐久間町あたりにひそんでいやがるって気配だけは、突きとめることができやしたよ」

「それは、お手柄だ」

「その野郎は藤田屋へ押し入ったときに、右足に手傷を負ったそうで身動きがとれねえ。明朝には、お召し捕りになりやしょう」

「盗賊目隠しの一味は今年の二月から、すでに二十数軒の商家に押し入っておるとか……」

「へい。ひとりぐれえ手傷を追って動けねえにしろ、目隠しの一味はあと五人と頭数がそろっておりやすんで、油断がならねえんでさあ」

岡っ引なりの意気込みがあってか、初音の親分は十手を構えたりしました。

「その五人で今宵もまた、夜働きということになるやもしれぬな」

杉田玄白は何やら、予言めいたことを口にします。

「先生は提燈《ちょうちん》も、お持ちじゃあねえ。ついでですから浜町河岸まで、お送りいたしやしょう」

初音の丑松は、手先を振り返って顎《あご》の先をひねります。

手先は承知して先に立ち、杉田玄白の足元を提燈の明かりで照らしました。

盗賊目隠しの一味は、六人組の凶悪な強盗団でした。去年の秋ごろから、江戸市中に出没しております。しかし、そのころはまだ恐怖の盗賊と評判になるほど、頻繁な夜働きには至りませんでした。

盗賊目隠しの一味の悪名がにわかに知れ渡ったのは、今年になってからのことだったのです。この強盗団は今年の二月にはいって、目ぼしい大店や豪商を片端から襲うようになりました。

二月から五月の下旬までに、目隠しの一味が押込みを働いた先は二十六軒にのぼります。五日に一度ぐらいの割りで、夜の江戸を突っ走る勘定になりましょう。

この盗賊の一味の目当ては、小判だけに絞られています。千両箱に小判が詰まっていれば、それのみを奪って逃げ去ります。千両箱がなければ、家中の小判をかき集めて強奪します。小判以外の金貨、銀貨、銭には目もくれません。また金目のものだろうと、品物となると手は出しませんでした。たとえ純金の仏像が目の前にあっても、持ち去ろうとはしないのです。

おそらく値打ちのある現金、すなわち小判こそ奪って安全、しかも効率的と考えているのでしょう。確かに小判だけ奪っていれば、贓品《ぞうひん》とか故買とかいったことから足がつく心配はありません。

押し入った先の家人や奉公人がおとなしくしていれば、目隠しの一味は手荒なことをいたしません。ところが逆らったり、抵抗したり、逃げ出したりしますと、目隠しの一味は凶悪な男たちに一変します。

匕首《あいくち》と称されている短刀を抜き放ち、家人でも奉公人でも容赦なく殺傷するのです。これまでにも二人が殺され、六人が負傷しております。

六日前に京橋の両替商藤田屋へ押し入った一味は、腕に覚えのある奉公人が槍を持ち出しての反撃に遭いました。そのために一味のひとりが、右の太腿《ふともも》を槍で突かれて重傷を負ったのです。

激怒した目隠しの一味は、槍を手にする奉公人を寄ってたかって惨殺しました。ついでに奉公人をけしかけたとして藤田屋の主人にも傷を負わせ、十六歳のひとり娘を辱《はずか》しめたのでした。

目隠しの一味が、女に乱暴するといったことは一度もなかったのです。けれども藤田屋に限っては別で、女に対しても荒れ狂う一味になったのでした。激怒した一味の報復は、このうえなく恐ろしいものだったそうです。

家人と奉公人を一室に押し込め、隣りの部屋で十六歳の娘を全裸にします。男を知らない娘の柔肌、下腹部から目をそらすことを許さず、家人と奉公人に注視を強制するという冷酷さでした。そのうえで、泣き叫ぶ娘を犯します。右足に負傷した男を除いての五人が次々に、あらゆる姿態を見せつけながら輪姦したのです。この娘は多分、自殺を考えるほどの正気にも戻らないでしょう。

この盗賊団はもちろん、身軽な黒装束に身を固めております。顔も覆面というより、盗人かぶりの頭巾で隠しています。そして更に黒い布で、両眼を覆っての鉢巻きをしているのでした。

当然、透きとおる黒布であれば、目隠しをしている当人には何でも見通せます。けれども、襲われた被害者たちには目隠しをした盗賊の人相が、まったく読み取れません。目を隠すというのが実は、人間の顔を誤魔化すのに最良の方法なのでした。目だけ出した覆面より、はるかに効果があります。それでいまのところ、目隠しの一味の人相はほとんど割れておりません。

その代わり一味は、『目隠し』と呼ばれるようになったのです。

「この夜風なるものは、涼を呼ぶだけではなく、まことに風流であってな」

「ですが先生、あの星空を見ておくんなさいまし。明日もどうやら、暑い一日になりそうですぜ」

「暑ければ暑いで、また夏の風流を楽しめよう」

「蘭方の医者さまのくせに、先生は何でも風流、風流なんですからねえ」

杉田玄白と初音の丑松はそんな無駄口をたたきながら、本町一丁目、二丁目から三丁目への通りをたどります。

江戸の中心地、豪商の町といわれる本町通りも、五ツ半（夜九時）まで間もないとなると厚い闇に閉ざされます。人通りはおろか、野良犬の一匹も見当たりません。

豪商や問屋はしっかりと表戸をおろし、眠りの世界を迎えております。昼間の華やかさと賑わいが嘘のように、幅の広い通りもただの夜道と変わりありませんでした。

「ちょいと親分、あそこで何かあったのではないか」

杉田玄白が、丑松の肩を叩きました。

「えっ……」

とたんに、丑松は身を固くします。

本町三丁目の右側に、明かりが見えております。それは一軒の商家から、通りまで洩れている明かりでした。杉田玄白と丑松の足が、明かりを目ざして速くなります。

表戸つまり大戸をおろしたあとは、その極く一部が開閉するようになっている小さな戸口から、急用のある人だけが出入りします。それを、切り戸といいます。

その切り戸が、開いたままになっているのでした。そこから家の中の明かりが、光の帯となって路上へ投げ出されているのです。この時刻に切り戸が開きっぱなしとなると、尋常なことではありません。

商家の看板には、『諸国米穀問屋・清州屋《せいしゅうや》』という文字が読めます。清州屋は、豪商として知られる米問屋でした。この天明の時代より百五十年もむかしの寛永年間に、本町三丁目に店を開いたという老舗です。

いまの清州屋の主人の太郎右衛門《たろうえもん》は八代目だということを、杉田玄白も耳にしたことがあります。とにかく清州屋は古くて大きいという点で、江戸を代表する米問屋といわれているようです。

ところが、清州屋は評判が悪いということでも、群を抜いておりました。先代までは問題ひとつなかったのですが、いまの太郎右衛門が跡を継いでからの清州屋は、庶民の怒りを買うことがしばしばあったのです。

営利主義といいましょうか。江戸市民に米を供給するという責任感を二の次にして、莫大な利益を得ることを優先すると、まあこうした悪評が清州屋には付いて回るようになりました。

清州屋は江戸で最有力の米問屋ですから、まともに対立したり反抗したりする同業者がおりません。仲間組合でも、強い発言力があります。強引なリーダーです。

それをいいことに米の相場を裏で操作する、米の買い溜めと買い占めはお手のものと、太郎右衛門には悪徳商人の烙印《らくいん》が押されるようになったのでした。

「清州屋で、何かありましたかね」

緊張感に欠けていて、丑松はどこか悠長に構えています。

それも、清州屋太郎右衛門への反感があってのことでしょう。本来ならば、そうした私情は許されない岡っ引なのですが、太郎右衛門だけは別だという気持ちに丑松も駆られるのです。

「ごめんなさいよ」

杉田玄白は腰を屈《かが》めて、切り戸から店の中へはいり込みました。

岡っ引よりも先に、杉田玄白が清州屋へ侵入したのです。物事の順序、世の中の決まり、慣習や常識といったものを、玄白は場合によって頭から無視します。

それが、意欲と好奇心が盛んな玄白の積極性、というものでした。丑松もあわてて、玄白のあとを追います。とたんに、玄白と丑松は目を見はりました。

何と店先の板の間から広い帳場にかけて、十数人の男女があたりを埋め尽くすように、すわり込んでいたためでした。帳場にいるのは番頭で、あとの者もすべて清州屋の奉公人たちなのです。

どの顔も、緊張しきっています。若い女の奉公人たちは、真っ青になっておりました。丁稚《でっち》小僧が何人かベソをかいています。手代《てだい》、手代見習いといった連中も言葉を忘れて、すくみ上がっているようです。

「何だい、このザマは……。おれは、両国の丑松だ。異変があったんなら、さっさと申し上げろい」

丑松が、十手を振り回します。

「血の匂いがするぞ。血を流した者がおるならば、案内してもらわぬといかんな」

杉田玄白は早くも、雪駄《せった》を脱ぎにかかっていました。

「こちらのお方は、杉田玄白先生だ」

自分が威張るみたいに、丑松はそっくり返りました。

「ただいま、目隠しの一味の押込みがございました」

番頭がようやく、震える声を絞り出しました。

「な、何だと……！」

腰を抜かしそうに、丑松はびっくり仰天します。

二

番頭の佐兵衛《さへえ》が、口をきくことになりました。しかし、佐兵衛も恐怖の余り、言うことがしどろもどろです。最古参の手代の糸平《いとへい》と竜吉《たつきち》が、佐兵衛の説明を補ってしゃべりました。

それによると目隠しの一味が、清州屋へ押し入ったのは小半時（三十分）前のこと。

盗賊の頭数はひとり欠けて、五人だったということです。

目隠しの一味の行動は、疾風迅雷のごとくに激しく素早かったということでした。南町奉行所の定回《じょうまわ》り同心を名乗り、火急のお改めありと表戸を叩きますので、手代のひとりが切り戸をあけたところ五人の盗賊が突入して来たのです。

盗賊は一斉に短刀を抜き放ち、二人が主人の太郎右衛門たち家人を脅し、三人が番頭の佐兵衛に土蔵への案内を強要します。佐兵衛は命惜しさに、命令に従いました。

土蔵には今夜という時点で、二つの千両箱が保管してありました。いずれも、二千両入りの千両箱です。三人の盗賊は休む間もなく、二つの千両箱を店先へ運び出します。

清州屋の家人というのは、三人しかおりませんでした。

主人の太郎右衛門、四十九歳。

女房のおたか、四十二歳。

養女のおよし、二十一歳です。

太郎右衛門とおたかのあいだには、子ができませんので六年前に、十五歳だった姪のおよしを養女に迎えました。けれども、そのころから清州屋の評判の悪さが、江戸中の定説にもなっていたのです。

太郎右衛門も因業《いんごう》な商人として、悪名が高くなりつつありました。そうなると、心ある人々は清州屋との縁組を、敬遠せずにはいられません。

清州屋は豪商、およしも美人という好条件だろうと、婿入りすることに二の足を踏みます。太郎右衛門が死なない限りは、婿さんまでが世間から悪人の仲間みたいに見られるのです。

何年もそんなことに、耐えられるものではありません。それでもいいからと清州屋の婿になりたがるような男だと、身分が違いすぎると逆に太郎右衛門のほうが断わります。そんなことで、およしの婿取りの縁談は、持ち上がるたびに消えていきました。哀れなのは十六、十七、十八、十九と娘の年を重ねてしまうおよしでした。

二十になっては、婚期を逸します。よほどのことがないと、縁談はまとまりません。まして二十の家付き娘とあっては、徹底して尻に敷かれるのを恐れてか、婿入りを希望する若旦那などいなくなります。

婿取りの話はすっかり遠のいて、およしは娘のまま二十一歳の年増になったのでした。近ごろのおよしは、あきらめたのか嫌気が差したのか、婿取りにまったくの無関心でおります。

着物も娘らしさを避けて、ご新造《しんぞ》さんめいたものを身にまといます。独り身のほうがよほど気楽だし、生身《なまみ》の男には興味もないとばかりに、よく丁稚をお供に芝居見物へと出かけて行くのでした。あとは酒の味を覚えたこともあって、食道楽へのめり込みそうな傾向にあります。見た目にはなかなかの美女でありながら、もったいなくも色気をさらりと捨てたようなおよしでした。

そんなおよしまでが、殺される羽目になったのです。

三人の盗賊が二千両入りの千両箱二つ、計四千両を店の土間へと運び終えて、引き揚げるぞと二人の仲間に知らせます。よしと二人は、太郎右衛門に背を向けました。

その瞬間、よせばいいのに太郎右衛門が寝間から、廊下へ飛び出したのでした。太郎右衛門は雨戸に体当たりをして、裏庭へ転げ出たうえで大声を張り上げる魂胆だったのでしょう。

そうなると、凶悪な人殺しに一変するのが目隠しの一味です。二人の盗賊が、廊下に転倒した太郎右衛門の胸を短刀でひと突きにして、更に首筋を切り裂きました。

同時に、二人の仲間を呼びに来ていた盗賊が、おたかに飛びかかりました。盗賊の短刀が、壁にへばりついているおたかの左胸を抉《えぐ》ります。おたかは声もなく、畳のうえに崩れ落ちました。

それでもなお腹の虫が治まらなかったのか、やや離れているおよしの寝間へも二人の盗賊が侵入します。およしは逃げたり逆らったりする間も与えられずに、喉と左の乳房を刺されて即死しました。

家人三人を殺害した目隠しの一味は、奉公人全員を店の帳場の付近に集めさせます。番頭と手代の数人を除いては、寝間着姿の奉公人ばかりでした。

血の気を失い、音を立てそうに震えている奉公人たちは、残らず店先に正座を命じられました。二人ずつで千両箱二つを持ち上げて、四人の盗賊が切り戸の外の闇に消滅します。

「よく覚えておけ！」

ひとり留まった頭目らしい盗賊が、地獄から響いてくるような声を聞かせました。

「命が惜しかったら、あと小半時は動くんじゃあねえ。声も出さねえようにして、じっとしていろい！　下手に外へ飛び出すようなことをしやがったら、引っ返して来てぶっ殺してやる！」

目隠しの一味の首領は、逆手に握った短刀を振りかざします。

誰もが思わず、首をすくめて目をつぶりました。その隙に一味の首領は、煙となって消えるように立ち去ったのです。奉公人一同は言われたとおり、沈黙の群れとなって動かずにおりました。

千両箱には千両入り、二千両入り、五千両入りとあります。目隠しの一味が清州屋から持ち去ったのは二千両入りで、元文小判が二千枚という中身でした。それを、二つです。

元文小判は、それ以前に発行された小判より軽く、二千両の重さが七貫匁（二十六キロ強）となります。それに千両箱そのものの重量を加えると、全部で二十七キロぐらいでしょう。

目隠しの一味には、荷車のようなものの用意がありませんでした。したがって五人の男は担ぐか抱えるかして、十四貫四百匁（五十四キロ）の千両箱を持ち去ったということになります。

ちなみに、この天明年間の現代でいう『お手伝いさん』の給料が、一年で二両でした。つまり、目隠しの一味が三十分のあいだに奪った四千両は、お手伝いさんの二千年分の給金に相当します。

裏長屋の家賃でしたら、四千両で五千年は住んでいられます。十両盗めば死罪ですから、四百人の首が飛ぶわけです。単純計算で四千両は、現代の十億円ぐらいの価値があったのではないでしょうか。

さて、三十分がすぎても清州屋の奉公人たちは、誰ひとり立ち上がろうとしませんでした。声を出しただけで切り戸から、目隠しの一味がヌーッとはいって来そうに思えて、一同は鳴りをひそめているしかなかったのです。

そこへ、目隠しの一味ならぬ杉田玄白と初音の丑松親分が、切り戸から店の中へと出現したのでした。ホッとした気の緩《ゆる》みから、女奉公人が失神するのも丁稚小僧が泣き出すのも、無理はありません。

「親分、ホトケさまを拝ませてもらいますよ」

杉田玄白はわが家同然に、遠慮なく店の奥へ足を進めます。

「自身番へ、知らせねえかい」

奉公人の誰にともなく声をかけてから、丑松も玄白のあとを追います。

番頭の佐兵衛が案内に立ち、古参の手代の糸平と竜吉が奉公人たちにそれぞれの行動を促しました。死の館のように静まり返っていた清州屋のあちこちが、にわかに騒がしくなったみたいです。

杉田玄白と丑松は、太郎右衛門夫婦の寝間に近づきました。廊下一面が血の海になっていて、太郎右衛門の死骸が仰向けに転がっております。

背を向けて震えている佐兵衛は、何の役にも立ちません。玄白と丑松がしゃがみ込んで、太郎右衛門の死骸を眺めます。首筋を割った傷が致命的で、そこからの出血がひどいようです。

「流血は、首筋の傷によるな。胸の傷は、心の臓をかすめておる。刃傷は、八寸の匕首《あいくち》のようじゃ」

玄白には傷口を見ただけで、凶器の種別が見分けられます。

玄白は腰を伸ばすと、寝間へはいりました。次は、おたかの死骸です。壁にまで鮮血を飛散させて、おたかの死骸は畳のうえに四肢を広げております。

「ご検視の前に死骸に触れましても、お咎《とが》めはございませんでしょうか」

恐る恐る顔を覗かせて、佐兵衛が震える声で言いました。

「番頭さんよ。おめえ、杉田玄白先生が小塚原《こづかっぱら》の刑死人の観臓を、お奉行所から許されていなさるってことを知らねえのか。天下の玄白先生の死骸改めに、文句をつける者がどこにいるってんだ」

　丑松はまたしても、得意そうに胸を張って佐兵衛を振り返ります。

「は、はい」

　恐れ入って、佐兵衛は両手を突きました。

「番頭さん、養女のおよしさんの寝間は、いずこかな」

　杉田玄白先生は、忙《せわ》しく立ち上がります。

「こちらへ……」

　つんのめるようにして、佐兵衛は先に立ちました。

　廊下を曲がってすぐのところに、納戸らしい部屋があります。その先の六畳間が、およしの寝間でした。太郎右衛門夫婦の寝間からさして距離はありませんが、ポツンと孤立しているような部屋という感じです。

　およしの死骸は、夜具の中にありました。掛け蒲団が半分だけ、めくり上げられています。

　仰臥したおよしの寝姿に乱れはなく、起き上がったようにも見えません。島田髷《まげ》の頭が、箱枕から落ちてもいないのです。

　表情にも、苦悶はありません。安らかな寝顔のままで、絶命しております。二人の盗賊によってほとんど同時に、およしは喉と左の乳房を突き刺されたようでした。

玄白は死骸の胃袋のあたりを、揉むように強く押します。そのうえで玄白は、およしの口に鼻を寄せました。死骸の口と胃の中の匂いを、玄白は嗅ぎ取ろうとしているのです。

「寝る前にだいぶ、きこし召したようじゃな」

玄白は、顔をしかめました。

およしは起きているうちに、かなり酒を飲んでいるという意味であります。枕元にそれらしい器が見当たらないので、寝酒ではないということになりましょう。

太郎右衛門の晩酌の相手をして、およしは度を過ごしたのに違いありません。婿の来手《きて》のない年増娘が気を紛らわせるのに酒の味を覚えたとなれば、酔っぱらうほど飲むときがあっても不思議ではないでしょう。

「よろしい」

玄白が、うなずきました。

「もう、おすみですかい」

あまりに簡単すぎて、丑松のほうが拍子抜けをします。

「ここは、蒸し暑い。夜風が、恋しゅうなった」

玄白は廊下へ出て、首筋の汗をふき取ります。

「どうも、ご苦労さまでございやした。先生には、とんだ寄り道をさせちまったようで……」

丑松は何度だろうと、頭を下げずにはいられません。

「いや、およしさんの死骸改めには、興をそそられたわい」

玄白はふと、謎めいたことを口にしました。

「興をそそられなすったとは、どういうことでござんしょう」

待ってましたとばかりに、丑松は目を光らせます。

「まあ、話は後日ってことにしようではないか」

取り合わずに、玄白はせかせかと歩き出しました。

用がなければ、さっさと引き揚げます。思考がしっかりとまとまらないうちは、絵解きをしたがりません。これが杉田玄白の合理的現実主義だったのです。

翌朝、外神田の佐久間町の裏長屋で小さな捕物があり、弥七《やしち》という江戸無宿の男がお縄になりました。弥七は目隠しの一味六人組のひとりで、右足に重傷を負っているために抵抗もできなかったそうです。

それから、やはり朝のうちに築地の内海寄りの鉄砲洲の海辺で、釣り人たちが二つの千両箱を見つけております。いずれも清州屋から、目隠し一味が奪った千両箱です。砂浜に転がっていた二つの千両箱はもちろん空っぽで、合わせて四千両の小判の行方がわからないことも当然でした。

三

東は大川すなわち隅田川、南は両国広小路、北西に浅草御門となれば、まさしく結構な場所といえましょう。北の浅草平右衛門町から下柳原同朋町へと、神田川の河口に架かる橋があります。付近に美しい柳の木が枝を垂れているところから、いつしかこの橋は柳橋と呼ばれるようになりました。やがて橋の名だけではなく、地域全体が柳橋と俗称されるようにもなったのです。

神田川の河口には、岡場所通いの船が集まっております。柳橋の河岸となると、隅田川を眺めての船宿と料理茶屋がこのうえない風情でした。その船宿の一軒『桜桃亭《おうとうてい》』の二階の角部屋に、『風流洞《ふうりゆうどう》』と名付けられた一室がありました。この風流洞なる特別室を使用できるのは、四人のメンバーに限ると厳しく定められております。

風流洞と命名した人物は、ほかならぬ杉田玄白でした。

まずは、お艶《つや》。

桜桃亭のひとり娘が長《ちよう》じて女将《おかみ》となり、いまでは押しも押されもせぬ船宿の経営者です。そのうえ美女と来ているのにいまだに独り身というのが、柳橋の七不思議のひとつに数えられています。

とっくに婿取りを断念して、惚《ほ》れた男がいたら愛人《いろ》にすればいいと、割り切っているお艶でした。常磐津文字香《ときわづもじか》というお師匠さんでもあり、知的で教養も十分なお艶は杉田玄白の感化を受けて、風流がわかる二十七歳の女になっております。

次に、杉田玄白。

若狭の小浜《おばま》十万三千石酒井《さかい》家の侍医という宮仕えでありながら、公私ともに自由奔放な行動を許される蘭方医でした。町奉行より刑死人の観臓を公認される玄白は、すでに十年前に『解体新書』を出版しております。ヘイステルの外科書の翻訳『大西瘍医書』も、すでに五年前に完成していました。ほかに主なものとして『解体約図』『狂医之言』『的里亜加纂稿』『乱心廿四ケ条』などの編著がありました。

芸術と風流をこよなく愛す知識人としても知られ、頭脳の遊戯を何より好む杉田玄白は、このとき五十二歳に達していました。

次は、喜多川歌麿《きたがわうたまろ》。

ご存じ浮世絵師の歌麿ですが、円熟期はまだまだこれからという三十二歳。豊章《とよあき》を歌麿と改名して、三年しかすぎておりません。二年前に蔦屋重三郎《つたやじゆうざぶろう》に見込まれてその食客となり、いよいよ売り出そうというときを迎えた浮世絵師の喜多川歌麿だったのです。

そして平山行蔵《ひらやまこうぞう》。

平山行蔵子龍《しりょう》は徳川家の御家人で、三十俵二人扶持《ぶち》の伊賀組同心という下級武士です。しかも無役となれば、恵まれた身分にはほど遠い平山行蔵でした。

けれども剣士としてはこの時代、超一流の腕前の持ち主です。古武士のように実戦に即した剣術の達人ということで、二十六歳の若さながら世に恐れられる兵法者でした。

長沼流兵学を、斎藤三太夫。

剣術真貫流を、山田茂兵衛。

同じく神道一心流を、櫛淵宣根。

大島流槍術を、松下清九郎。

渋川流柔術・居合を、渋川伴五郎。

武衛流砲術を、井上貫流左衛門。

と、これだけの兵学武芸を、以上のような師について学んだ武士は、当時としてはほかに見当たりません。しかも、彼自身は講武実用流の剣の達人だったのでした。

その若き日の平山行蔵は四谷北伊賀町の生家を離れ、日本橋の長谷川町《はせがわちょう》に住む商人のところに寄食して、もっぱら将来の大規模な文武道場の建設について想を練っていたのでした。

寄寓《きぐう》先の商家の主人がよく使っていたことから、平山行蔵も桜桃亭に出入りするようになったのです。

無類の酒好きですが、女と深い仲になることを避けて、妻妾なし実子なしの生涯を送りました。ところが皮肉なことにこの平山行蔵、すれ違った娘が残らずポッと頬を染めるほどの美男子だったのです。

目隠しの一味が清州屋を襲って二日後の夕刻、四人のメンバーが『風流洞』に顔をそろえました。杉田玄白がさっそく、清州屋へ事件直後に立ち寄ったことを報告します。

清州屋の一件については誰もが、あっという間に江戸中を駆けめぐった瓦版と噂によって承知しております。しかし、その反応というのは、まことに冷ややかなものでした。同情の声は、まったく聞かれません。

「目隠し一味が、清州屋に押し入ったたって？　そりゃあまた、結構な話ってもんじゃあねえかい？」

「およしって養女は気の毒だけど、清州屋の旦那とおかみさんが殺されたってえのは、まあ仕方がないんじゃないのかい」

「天罰だよ」

「清州屋はこのところ、米の買い占めに目の色を変えていたそうだぜ。そんな野郎が一家みな殺しになろうと、おれたちの知ったことかい」

「目隠しの一味が、天誅《てんちゅう》を加えたんだろうよ」

こんなふうに江戸の庶民は拍手こそしませんが、清州屋の災難に胸中で快哉を叫んでいるのでした。お艶、歌麿、行蔵たちにしろ、同様にシラけた思いでいるのです。不幸なことだろうと悲しむ気にはなれないと、知らん顔でいたくなるのでしょう。

この時代が町人文化の爛熟期にさしかかり、太平の世に江戸も華やかな退廃ムードに包まれている、ということは確かであって否定できません。けれども、それは時代の背景なるもので、必ずしも現実と一致することではないのです。

たとえば昨年の天明三年から始まって、四年間も続く天明の大飢饉があります。

それに呼応するように昨年から異常気象が繰り返され、頻発する天災が跡を絶ちません。江戸の地震、伊豆青ヶ島の噴火、八丈島の噴火、関東の大風と洪水、浅間山の大噴火、北陸の大雨洪水、大坂城門に落雷、長雨、低温、疫病の流行と続きます。

この間、全国各地で飢饉のための一揆、米屋の打毀《うちこわ》し、米の買い占め反対の暴動という嵐が吹き荒れます。奥羽地方では、数十万人の餓死者が出ました。

今年の二月には武蔵の多摩郡で、雑穀の買い占め反対の打毀しに数万人が参加するという武州村騒動が起きております。米価の高騰は江戸にも波及し、幕府は再三にわたり米問屋に買い溜めと買い占めの禁止令を発しました。

それにもかかわらず例によって清州屋太郎右衛門は、大量の米の買い占めに奔走しているという噂が消えませんでした。この分でいくと江戸では清州屋が真っ先に、打毀しの対象にされるだろうともっぱらの評判だったのです。

そんなときに目隠しの一味が清州屋を襲い、土蔵にあった小判四千両を残らず奪ったのでした。これで米を買い占める資金もなくなっただろう、いや家人全員が殺されたので清州屋そのものが潰れると、江戸市民は太郎右衛門への憎しみを冷笑に変えたのです。

「清州屋のみな殺しが天罰だの、いや目隠し一味の非道を許せないだの、そうしたことにわしは関心がないのじゃ」

杉田玄白は、夕景の両国橋へ視線を投げかけます。

「そりゃあまあ、そうでしょうがね」

喜多川歌麿が色の浅黒い顔を上げて、柱にもたれた肥満体を揺すりました。

「わしが心を向けたくなるのは、清州屋の養女のおよしのことであってな」

吹き込む川風を受けて、玄白は思わず目を細めました。

「へええ、およしって養女は骸《むくろ》になっても、そんなにいい女だったんですかねえ」

歌麿は、ニヤリとします。

「くだらないことを、申すでない。およしさんはなぜ殺されたのか、それが不思議でならぬのだ」

「なぜ殺されたのかって先生、目隠しの一味という盗賊は逆らったり逃げ出したりすると、その者たちを容赦なく手にかけるって聞いておりますよ」

「うむ、それは確かなようじゃ」

「だったら、およしさんが殺されようと、不思議も何もあったもんじゃあないでしょう」

「そうかな」

「そうですよ」

「太郎右衛門が殺されたのは、致し方ないだろうな。太郎右衛門は廊下へ飛び出し、雨戸を蹴破って逃れようとした」

「そりゃあもう、ブスリとやられるでしょうね」

「それを見て、女房のおたかが叫び声を発した。これもまた大声を張り上げたということで、目隠しの一味の手にかかったとしても不思議ではない」

「およしさんも、それを見て……」

「大声も出さなければ、逃げ出そうともしなかった」

「ですが……」

「およしさんは、その場に居合わせておらなかったからだ」

「ああ、そうでしたね。先ほどの先生のお話によりますと、養女のおよしの寝間はちょいとばかり離れたところにあった」

「そのうえ、およしさんは何も知らずに、ぐっすり眠っておった。いささか酒の度を過ごして、およしさんは酔っておったようだ。およしさんは前後不覚に寝入っており、何事も見ざる聞かざるであったのじゃ」

「酔っぱらいの養女ですかい」

「逆らわない、大声を出さない、逃げようともしない、姿も見せない、何も気づいていない。そんなおよしさんを盗賊どもはなぜ、手にかけて一命を絶たなければならなかったのか」

「なるほど……」

「目を覚まそうともしない酔っぱらいを、喉と心の臓を突き刺して手際よく殺害した。これは、どういうわけであろう。盗賊の目当ては、およしさんの口を封じたり逃亡を防いだりすることではなく、およしさんの一命を奪うことにあったのではないか。かよう受け取られても、仕方あるまい」

「そのとおりでさあ」

「更に解《げ》せぬのは、盗賊どもがどうしておよしさんの寝間を、知っておったのかということじゃ。それを承知しておったがゆえに盗賊どもは、およしさんの寝間へ迷わず踏み込むことができたのであろう」

玄白は、黙々と酒を飲んでいる平山行蔵に目を移しました。

「先生、こいつは不思議ですね」

すわり直してから、歌麿はピシャリと膝を叩きます。

「目隠しの一味とやらは、清州屋の家人をみな殺しにするために押し入ったのではござるまいか」

寡黙な平山行蔵にしては珍しく、みずから進んで口を挟みました。

「でもねえ、目隠しの一味は四千両という大金を、ちゃんと奪い取っているんですから……」

それが自然な媚態にもなるのですが、お艶は斜に構えるようにしての流し目で、美剣士をじっと見やります。

いままで何となく退屈な気分が漂っていた座が、新風を吹き込んだように突如として活気づきました。推理という頭脳の遊戯が始まると、すぐに熱くなるのがこの四人組の特徴でもあったのです。

「盗賊なれば四千両を奪うのが第一の目論見《もくろみ》、殊更これは申すまでもないこと。ただし、このたびの目隠しの一味には、第二の目論見があったのではあるまいか。すなわち、清州屋の家人をみな殺しにすることだ」

平山行蔵は、目を伏せたままで反論します。

行蔵の前に置かれた猫足膳のうえには、徳利と盃のほかに皿に盛った塩しかありません。行蔵は塩を舐めながら、酒をグイグイやるのがお好みなのでした。

歌麿には好物の黄粉《きなこ》餅《もち》が、あてがわれております。玄白へのサービスはお茶だけですが、宇治から届いたばかりの新茶です。酒と黄粉餅と新茶が、三人の個性の違いを物語っているようでした。

「でもねえ、清州屋の家人を手にかけたところで、目隠しの一味には何の得にもなりませんからねえ。人殺しの罪を、余計にしょい込むだけ損ですよ」

行蔵相手にムキになるのは、お艶が美剣士に惚れている証拠かもしれません。

「空っぽの千両箱を二つ、鉄砲洲の砂浜に捨てていったことも、おいらは気になりますね」

餅を頬張った歌麿の口から、黄粉が飛び散りました。

「さすがは歌さん、目のつけどころが悪くない。実を申すと、わしもそのことに引っかかりを覚えておったのじゃ」

玄白は、顎《あご》のあたりを撫で回します。

「何も本町三丁目からわざわざ鉄砲洲まで突っ走ったうえで、中身四千枚の小判を抜き取らなくたって、よさそうなもんじゃあねえですかい」

「さよう。手間がかかるばかりか、人目につきやすい。盗賊であれば真っ直ぐに、隠れ家へと逃げ延びるのが常道であろうな」

「千両箱の捨て場所なんて、ほかにいくらもあるでしょう」

「それを鉄砲洲まで遠回りするとは、盗賊らしからぬ愚かさだ」

「それとも目隠しの一味の隠れ家は、鉄砲洲の近くにあるってことなんでしょうかね」

「だとしたら鉄砲洲の砂浜に千両箱を捨てるなどして、隠れ家への足跡を示すようなことはいたすまい」

玄白は乱暴に、扇子《せんす》を使いました。

「何だって、鉄砲洲を目ざしたんだろう」

絵筆のうちの小筆の頭で、歌麿は耳の穴をかき回します。

「まさか小判四千枚を、海の中へ投げ捨てるなんてことは……」

お艶は団扇《うちわ》の風を、行蔵に送っておりました。

「千両箱ごと隠れ家へ運ぶことに、何やら不都合があったのだろう」

平山行蔵は盃を押しのけて、徳利の酒を茶碗に注ぎます。

競い合うような四人の発言に、風流洞の雰囲気はいっそう盛り上がりました。

四

盗賊というのは襲った商家の近くに、変装用の衣裳を隠しておくものです。まずはそこまで逃げて、黒装束を脱ぎ捨てます。目隠しの一味でしたら、盗人かぶりの黒布や目隠しもはずします。

あるいは荷車まで、用意されているかもしれません。お店者《たなもの》か人足かに変身した盗賊は荷車に千両箱と、脱ぎ捨てた黒装束などをまとめて積みます。

それらを大風呂敷か何かで覆い隠して、隠れ家への引き揚げにかかるのです。当然、隠れ家への最短距離となる夜道を、たどることになるでしょう。いくつかの提燈に火を入れて、堂々と荷車を押していったほうが怪しまれません。

もう少し後年になりますと、各町内の町木戸が一斉に閉ざされるという制度が整います。そうなっては、いちいち町木戸で人相風体《ふうてい》を確かめられることから、疑惑を持たれる可能性も大いにありましょう。

しかし、夜の十時になると一斉に町木戸が閉まるという制度が確立されるのは、これより七年後のことだったのです。この天明四年の町木戸の機能は、まだあってなきがごとしの状態でした。

したがって目隠しの一味は、これという障害もなく通行できたものと思われます。時刻も夜十時をすぎておらず、九時前からの移動だったのでした。

ただ目隠しの一味は、隠れ家への最短距離を急ぐということをしておりません。なぜか、鉄砲洲へ向かっていますナ。人目につかない寂しい道となれば、お堀沿いの通りを選びましょう。

日本橋本町からですと一石橋、呉服橋御門とすぎて、鍛冶橋御門前で東へ転じます。あとは真っ直ぐに、京橋川沿いの本八丁堀一丁目から五丁目までを抜けて、稲荷《いなり》橋を渡れば鉄砲洲の浪よけ稲荷でした。

「その鉄砲洲の砂浜で、一味は二つの千両箱をこじあけた。中身の四千両を取り出すためであったことは、申すまでもない」

「夜更けの浜辺で千両箱の中身を取り出したっていうのが、おいらは気に入らねえな。どうして隠れ家に帰りついてから、そうしなかったんでしょうね」

「そいつは歌さん、隠れ家なんてものがなかったかもしれないだろ」

「そいつは、女の浅知恵ってもんだ。目隠しの一味ってえ名だたる盗賊に、隠れ家や盗人宿がねえはずはねえ」

「清州屋がお務めの打ち上げで、一味は江戸におさらばするつもりでいたってことも考えられるじゃないか。それで鉄砲洲の浜辺で四千両を山分けにして、一味はバラバラに江戸をあとにしたってことさ」

「いや女将、それにしてもいったんは、隠れ家へ引き揚げたに相違ない。江戸を立ち退くには道中の支度あり、またこれまでの稼ぎも分配いたさねばならぬ」

いやはや侃々諤々《かんかんがくがく》、歌麿とお艶と行蔵のあいだでは議論が論争になりそうでした。

「これこれ、待ちなさい」

玄白の一声が、三人を沈黙させます。

「それ以前の大事に、推量を加えねばならぬ」

玄白はやや気取った感じで、結構な香りの新茶に口をつけました。

「それ以前の大事とは、どんなことでしょう」

歌麿が、身を乗り出します。

「目隠しの一味は何ゆえに、殺す必要もない養女のおよしさんを、寝間に踏み込んでまで手にかけたのか。それは清州屋一家のみな殺しを、企てのことであった。つまり目隠しの一味の第一の目論見は四千両を奪うこと、第二の目論見は清州屋の家人をみな殺しにすること」

玄白は三人の仲間に、視線を走らせました。

「それに、相違ありますまい」

表情のない顔で、行蔵が応じます。

「かような目論見を、目隠しの一味が思いつくはずはなかろう。目隠しの一味は、何者かに頼まれたのじゃ。四千両をやすやすと奪う代わりに、太郎右衛門、おたか、およしの三人を殺害してくれとな」

「盗賊が押し入って、家人をみな殺しに及びます。これはむしろ、当たり前のことと受け取られましょう。まして目隠しの一味の仕業となれば、やむなきことと世間は得心いたします。裏で何者かが一家みな殺しを企んだなどとは、町奉行所の与力同心であろうと思いもよらぬこと」

「怒りと憎しみを買う清州屋のこととなれば、世間の穿鑿《せんさく》も浅かろうしな」

「天罰の一語にて、あっさりと片付けられましょう」

「されば、清州屋の家人みな殺しを企んだのは何者か」

「さて……」

行蔵は、肩を落とします。

「歌さんは、いかがかな」

玄白は、鼻の穴をふくらませている歌麿に、発言の機会を与えました。

「盗賊にやすやすと四千両を奪い取らせるってのは、手引きをするってことでしょう。手引きするとなりゃあ、清州屋の奉公人のほかにはおりませんね」

摘まんだ黄粉餅を、歌麿は皿へ投げ出すように戻します。

「鋭い」

玄白は、満足そうにうなずきます。

「怪しまずにさっさと切り戸をあけて、目隠しの一味の乱入を許した。番頭がおとなしく一味を案内して、土蔵の錠前をはずした。一味が逃げ去ったあと、いつまでも騒ぎ立てずにいた。こうしたことはどれもこれも、盗賊に力を貸しているように見受けられるでしょう」

「番頭の佐兵衛か」

「佐兵衛だけでは、奉公人一同を抑えきれませんよ。奉公人一同には古手の手代のにらみも、利いていたんじゃあねえでしょうか」

「手代の糸平、竜吉も怪しい。だが歌さん、主人一家がみな殺しとなって、奉公人はどのような得があるのだろうか」

「清州屋はこの先、どうなっちまうんでしょうね」

「百五十年も続いた清州屋だが、儚《はかな》くも江戸の地より消え失せるだろうな。看板をおろす者も暖簾《のれん》を移す者もないままに、清州屋の建物はやがて朽ち果てることになる」

「清州屋には、親類縁者ってのがいねえんですか」

「わしの聞いたところによると、太郎右衛門の阿漕《あこぎ》な商法を嫌った親類縁者ことごとく、縁を切るか切られるかしたそうな。それゆえ、いまさら清州屋の跡を継ぐこと叶わず、お上《かみ》もお許しにはなるまい」

「跡継ぎがないとなると、清州屋が潰れるのは当たり前だ」

「清州屋が潰れて、奉公人たちは路頭に迷う。さよう承知のうえで、主人一家のみな殺しを企むだろうか」

「清州屋が間違いなく潰れることを、望んでいたんじゃあねえんですか。そうでなければ、生きていたって構わねえ養女まで、殺させたりはしないでしょう」

「養女のおよしさんだけでも生きておれば、清州屋が潰れることにはならぬ。それで目隠しの一味の手をかりて、およしさんまできちんと冥土へ送り込んだ」

「おいらは、そう読みますね」

「奉公人一同は、今後どうなる」

「親類縁者との縁さえ切れた清州屋太郎右衛門と女房のおたかですから、奉公人にしたってとっくに愛想尽かしをしているでしょう。清州屋の奉公人ってだけで、白い目で見られたり肩身の狭い思いをしたりですんで、いい加減お暇をもらいたくなりますよ。ただ奉公となると意のままにならずで、動きがとれなかったんじゃあないんですか」

「年季奉公の者は、年季が明けない限りどうすることもできない」

「そうなると奉公人にとっても、清州屋が潰れてくれるのは望むところですよ。今後は清州屋に残った銭金《ぜにかね》を分けてもらって奉公人一同、国許へ帰るか奉公先を変えるかするでしょう。そのくらいのことは、番頭の一存でできますからね」

「奉公人一同にしても、文句なしということか」

「奉公人一同だって、得にはなっても損にはならないってことでさあ」

「だからと申して、一家みな殺しを企んだのは奉公人一同だとするには、無理がすぎるだろうな。主人の一家みな殺しに加担する非道な人間など、滅多におるものではない。尋常な奉公人たちが、そんな恐ろしい話に乗るはずはなかろう」

「おいらも、そう思います。目隠しの一味の手を借りてのみな殺しを企んだのは、うえに立つ連中二、三人ってことになりましょう。ほかの奉公人たちは裏のカラクリがあったなんて、思ってもいないんじゃあねえでしょうか」

「番頭の佐兵衛、手代の糸平と竜吉の企みだろうな。しかし、そうだとすると佐兵衛たちは、慈悲の心によって奉公人一同を救ったということになる。それが何とも、割り切れぬではないか」

「慈悲深い者に、人殺しなんてできませんや」

それが気持ちのうえで行き詰まったときの癖なのですが、歌麿は重そうに肥満した太腿で貧乏揺すりを始めておりました。

「では、佐兵衛たちのまことの狙いは……」

玄白は、うなるよう溜息をつきます。

玄白と歌麿の推理は、厚い壁にぶつかったようです。けれども、さすがに知能を働かせることを、最高の楽しみとする風流洞のメンバーでした。すでに事件解決への焦点は、かなり絞り込まれたようです。

佐兵衛たちの真の目的とは、いったい何に置かれているのか。

目隠しの一味が鉄砲洲の浜辺で、千両箱の中身を取り出したのはなぜなのか。

あと残っている謎となると、どうやらこの二点のようでした。そして、この二点こそ最大の難関、という感じがしないでもありません。風流洞を支配する沈黙の静寂が、そのことを裏付けております。

濃くなった暮色に、両国橋が墨絵の趣を増しています。間もなく大川の対岸に、本所の人家の明かりがちりばめられることでしょう。空に残る鮮やかな青色が、晴天続きを予告しているようです。

明後日は五月二十八日、両国の川開きでした。享保の時代から両国の川開きは、例年五月二十八日と定められております。明後日の川開きの花火から始まって、八月二十八日の打ちどめの花火までが、舟遊びのシーズンになるのでした。

明後日から船宿は、目の回るような忙しさになります。お艶にも風流洞で、三人組の相手をしている余裕はありません。そう思うとお艶には今日と明日が、このうえなく貴重なときというふうに感じられるのでした。

「初音の親分さんが、お見えです」

襖板戸が開かれて、丑松親分と手先の馬吉《うまきち》がはいって来ます。ですが、風流洞までは足を進めません。丑松と馬吉は、敷居を越えずに次の間にすわります。

「みなさん、おそろいで……」

丑松は、チラッと愛想笑いを浮かべました。

「ご注進というのが、何かありましたかな」

玄白が、声をかけます。

「へえ。残念なことにお縄になった目隠しの一味の弥七って野郎ですが、先ほど大番屋で舌を噛み切って果てたそうで……」

丑松はとたんに、暗い顔になりました。

「大番屋で、自害か」

玄白は、顎の先を撫で回します。

「厳しい吟味と拷問に負けて、白状に及ぶってことを恐れたんでしょうが、何もしゃべらねえうちに口なしの死人になっちまいやした」

丑松は自分の失敗のように、深くうな垂れました。

「すると目隠しの一味のことは何ひとつ、弥七とやらの口から聞き出せなかったというわけだな」

玄白は立ち上がって、窓辺に近づきます。

「へえ。はっきりしたのは、弥七の生まれた土地だけでござんした。野郎は江戸無宿じゃあなくて、正しくは武州無宿ってことになりやす。弥七の生まれは、甲州街道の日野と多摩川の手前の柴崎村でござんして……。こんなことは何の役にも立たねえでしょうが、ちょいっとばかり気にかかるのは清州屋の手代の糸平も、同じ柴崎村の生まれってことでしてね。弥七と糸平は年がいくつも変わらねえんで、幼馴染みじゃあるめえかとその辺のことを、糸平に尋ねてみようと思っておりやす。へえ……」

丑松は困惑の表情で、恐縮したように口を閉じました。

向き直った玄白、片膝を立てた歌麿、姿勢を正した行蔵、振り返ったお艶と全員の視線が、突き刺すように丑松へ集中しているからです。丑松は圧倒されて、いつまでも言葉を失っておりました。

五

翌朝五ツ（八時）に何とも釣り合いのとれない外見の五人が、常盤橋御門前のお堀端にさりげなく集まって来ました。これが知り合いとして同行する仲間とは、誰が見ても信じないのに違いありません。

杉田玄白はご存じ坊主頭。身にまとうものは白麻の着物に絽《ろ》の無紋の黒羽織、袴《はかま》をつけず帯刀もしておりません。医者にも宗匠にも見えませんから、職については判断ができないでしょう。

喜多川歌麿はいかにも町人らしく、粋な着流しに雪駄ばきがよく似合います。ところが、どことなく崩れた感じがしてのことか、遊び人と間違えられそうでした。

平山行蔵も着流しで、やはり美剣士ぶりが人目を引きます。長身で姿勢がいいせいか、立っているだけでも颯爽《さっそう》としておりました。腰の大小も、大変に立派です。けれども月代《さかやき》を伸ばしているので、どう見ても一癖ありそうな素浪人でした。

それに加えて岡っ引の丑松に、手先の馬吉という取り合わせだったのです。こうした五人が一団となって歩けば、あの連中は何だろうと通行人が目を見はります。旅役者の一行と思われても、仕方がありません。

五人は本町一丁目から、三丁目へと向かいます。本町通りは相変わらず、朝からたいそう賑わっております。特に日本橋通りと交差するあたりは、人と荷物で路上が埋まっているようでした。

娯楽、飲食、遊興を抜きにした盛り場ということであれば、まさしく江戸いちばん、いや日本一の繁華街でしょう。商売人による活気と、見物人による熱気に満ちているのです。

そんな通りに面していながら一軒だけ、幽鬼の怨念に包まれたように暗く陰鬱な廃屋同然の商家が、夏の陽光をむなしく浴びておりました。表戸が閉ざされていますが、忌中という文字は見当たりません。

丑松の話によると、この清州屋では葬式を執《と》り行なわないとのことでした。品川に住む太郎右衛門の弟、およしの実父が野辺の送りをすませるのだそうです。すでに一昨日に三人の遺骸は、品川へ運び去られたのでした。

したがって忌中の文字がないのは当たり前で、ここには近所の人々も出入りしていないのでしょう。奉公人も大半が昨日のうちに、清州屋を出たという話です。

その人の出入りが途絶えている清州屋の表の切り戸を、丑松が遠慮せずに激しく叩きます。やや間があってから切り戸が開いて、真っ暗な穴の入口を作りました。

丑松、馬吉、歌麿、玄白、行蔵の順番で土間へ踏み込みます。

「ご苦労さまにございます」

馬鹿丁寧に頭を下げたのは、番頭の佐兵衛でした。

その背後の二つの影は、手代の糸平と竜吉です。いま目の前にいるのが幽鬼そのもののように、何とも険しくて暗い顔の三人でした。不安と恐怖に戦《おのの》く男たちにも、見えないことはありません。

「もっと明るいところへ、案内してもらおうじゃあねえかい」

丑松は注文をつけるのに、やたらと十手を振り回しました。

三人の男が先に立って、奥への通路を歩き出します。通路と倉庫を兼ねているのか、広い洞窟のようでした。土間ではなく、石が敷き詰めてあります。ここに米俵が、山積みにされるときもあったのでしょう。

石畳を踏んで進むと、再び強い日射しが降りかかりました。裏庭へ、抜けたのです。右手に土蔵が並ぶ裏庭では、何事もなかったように緑が揺れ蟬が鳴いております。

「頼みがあるんですがねえ」

真っ先に、歌麿が口をききました。

三人の男が立ちどまって、おずおずと身体の向きを変えました。脅えきった表情でいるのは、三人とも根っからの悪人と違うからです。

「目隠しと呼ばれる盗賊一味の巣へ、案内してもらいたいんですよ」

歌麿が笑った目で、そう言いました。

三人の男は愕然となって、みるみるうちに血の気を失います。竜吉という手代は、震え出してよろけました。番頭の佐兵衛は、桐の木にすがりつきます。

「まさか鉄砲洲だなんて、言わないでおくんなさいよ。目隠しの一味が何だって鉄砲洲の浜辺で千両箱の中身を抜き取ったのか、その謎を解くのにだいぶ苦しめられましたんでね」

そんなポーズに絵心を誘われるはずもありませんが、歌麿は妙に真剣な眼差しで桐の木にしがみつく佐兵衛を見守っていました。

まあ歌麿のほうが偉そうなポーズを作っているわけですが、最大の難関となった二つの謎を説いたのは当人ではありません。みごと謎を見通したのは、実をいうとお艶だったのです。

女というのはふとしたときに、眼光をひどく現実的に一変させるものでした。昨日の宵の口に至ってお艶は急に、佐兵衛たちの今後の生き方について言及したのです。

一般の奉公人たちはさして責任もないことだし、親許へ帰るか奉公先を変えるかすればそれですむ。しかし、佐兵衛たちも同じようなことで、満足できるものだろうか。そのように、お艶は言い出したのです。

四千両を持ち出させるから代わりに太郎右衛門たち三人を殺してくれと、ずいぶん苦労して目隠しの一味に渡りをつけたり話をまとめたりしたのだろう。

その計画は成功し、一家はみな殺しとなって四千両を失い、清州屋は崩潰する。

おかげで奉公人一同は年季明けとなり、あとは自由と忌《い》むべき清州屋から解放される――それだけのことでしたら、佐兵衛たち三人は慈悲深い奉仕者です。社会正義と奉公人救済のために、みずからを犠牲にしたといえましょう。

けれども、そんなことは絶対にあり得ないというのが、お艶の強い主張だったのでした。佐兵衛たちには、相当の報酬があったはずです。いや、社会正義や奉公人救済など、あったものではない。これは佐兵衛たちが、おのれのために立てた悪事の計画だと、お艶は熱弁を振るいました。

あるとき、佐兵衛と古参の手代二人が話し合います。太郎右衛門には愛想が尽きた、清州屋の奉公人でいることにも嫌気が差した、そろそろ見切りをつけたほうがいいと、話し合いは次第に真剣な相談になります。

清州屋に見切りをつけるにしても、これから先の自分たちのことを考えなければなりません。まずは、お金です。それも、大金が欲しくなります。

もし盗賊が押し入り、千両箱を残らず奪い、太郎右衛門たちをみな殺しにしたら清州屋の金を自由にできる。これが、佐兵衛たちの企みだったのです。

手代の糸平は幼馴染みの弥七が、目隠しの一味だということに薄々感づいておりました。そこで糸平から弥七に話を持ちかけて、目隠しの一味もその計画に乗ることになったのです。

四千両は、目隠しの一味と佐兵衛たちで山分けにします。

四千両をそっくり目隠しの一味に渡しては、そのまま持ち逃げされる恐れがあります。それで佐兵衛たちは当日、二つの千両箱の中身を取り出してほかの場所に隠します。盗賊は奉公人一同の前で二つの千両箱を運び去るのですから、それらしい重量がなければなりません。

佐兵衛たちは二つの千両箱に、砂と小石を詰め込んだのです。

「目隠しの一味は、砂と小石の詰まった二つの千両箱を奪って逃げました。さて、この千両箱をどう始末するかでしょう。用心深い目隠しの一味は鉄砲洲の浜辺へ運んで、中身を撒き散らしてから千両箱を投げ出していったんですよ。砂浜に砂や小石が捨ててあっても、怪しむ者はおりませんからね」

このようにお艶は、二つの謎を同時に解いたのでした。

「こういった次第なんだが佐兵衛さん、もう四千両の山分けもすんでいるんでしょうが……」

歌麿がポンと、佐兵衛の肩を叩きます。

佐兵衛はビクッとなり、その背後の竜吉が泣き出しました。糸平は、地面にすわり込んでおります。

「目隠しの一味に二千五百両で、わたくしどもの取り分は千五百両となりました」

放心したような顔つきで、佐兵衛があっさりと白状に及びます。

「おい、目隠しの一味の巣ってやつも、素直に吐いちまいな」

丑松が糸平の顎を、十手の先で持ち上げました。

行蔵が五寸（約十五センチ）ほど刀を抜いて、それをすぐに勢いよく鞘《さや》に戻します。

そのとき、キーンと鍔《つば》が鳴ります。これを鍔鳴りといいますが、何とも不気味な音に聞こえるのでした。

実に効果的な威嚇でして、鍔鳴りを平然と耳にしていられる町人はおりません。いまにも刀が振りおろされるような気がして、生きた心地はしないのです。

「赤坂裏伝馬町の麦飯、田貫屋でございます」

脂汗を浮かべて、糸平が申し上げました。

赤坂裏伝馬町は、赤坂御門の南西に位置します。赤坂御門の広小路の左右は、溜池になっております。この北側の赤坂溜池の岸辺に、七、八軒の娼家がありました。

むかしは比丘尼《びくに》（坊主頭の娼婦）で知られたところで、かの大石内蔵助《おおいしくらのすけ》も討ち入り前の十月下旬にここへ通ったことで有名です。いまは比丘尼ではなく、麦飯と呼ばれる私娼がおります。吉原や深川の遊女を米飯に見立てて、それより一段まずくて安いという意味から、麦飯と称されているのでした。そうした麦飯の娼家『田貫屋』に、目隠しの一味は居続けているということなのです。

まずは佐兵衛、糸平、竜吉の三人を自身番へ連行しなければなりません。折りから南町奉行所の定回り同心も来合わせていて、自身番は大騒ぎとなりました。

何しろ、富豪の商家の番頭や手代が盗賊一味と結託して、主人一家をみな殺しにしたうえ、四千両を奪ったという前例のない大事件なのです。そんな大事件の重罪人を捕えたばかりか、目隠しの一味の潜伏先まで突きとめたのですから、初音の丑松親分は二度と望めない大手柄でした。

定回り同心は直ちに南町奉行所に応援を求め、丑松をはじめとする岡っ引とその手先を動員して、赤坂裏伝馬町の田貫屋へ向かいます。もちろん、目隠し一味が召し捕られることに、間違いはありません。

本町三丁目の自身番では当番の家主が指揮を執り、常番のほかにも人手を集めて警戒を厳重にします。佐兵衛たちのような重罪人を逃がしたりしたら、取り返しのつかないことになるからです。

佐兵衛たちは目隠しの一味の共犯と見なされますので、嘱託《しょくたく》殺人にはなりません。当時の刑法『御定書百箇条』によると、目隠しの一味は強盗と殺人の罪で『引き回しのうえ獄門』となります。

ところが、佐兵衛たちの罪はそれよりも、更に重いのでした。主殺しになるからです。主殺しへの刑罰は、鋸《のこぎり》引きのうえ、磔《はりつけ》、という極刑と定められております。

「養女のおよしが酔って寝ていなかったらこの一件、いまだに発覚しちゃあおりませんよ」

歩きながら、歌麿がそう言いました。

「なれば酒に礼を申す意味合いで、飲める飲めぬにかかわらず一杯やりましょう」

平山行蔵が真剣な面持ちで、奇妙な理屈を持ち出します。

「昼間から居酒屋に立ち寄るというのも、これまた風流というものじゃ」

何事も風流という言葉と結びつけないと、気がすまない杉田玄白でした。

「ところで、明日は両国の川開きなんですが、おいらしばらく桜桃亭に無沙汰しようと思っております」

「わしなどは明日から当分、柳橋へ足を向けぬつもりじゃよ」

「それがしはここ四、五十日、大川にも近づくまいと考えております」

勝手なことをほざきながら、三人は西堀留川沿いの道に影を落としていきます。

それにしても三人そろって、何というヘソ曲がりなのでしょうか。いつもは風流洞に住みついているような三人のくせに、両国の川開き以後は桜桃亭にも柳橋にも大川にも近づかないということなのです。お艶がこれを聞いて、どんな顔をするでしょうか。

炎天下を遠ざかる三人は道浄橋の北側で、『かんざらし　しら玉あ』という売り声とすれ違います。酒には無縁の白玉売りです。白玉売りの屋台に目もやらず、三人の後ろ姿は小さくなっていきました。

曲亭馬琴

# 戯作者

国枝史郎

登場人物：**曲亭馬琴**（きょくてい　ばきん）

1767（明和4）年生まれ。旗本・松平信成家の用人・滝沢運兵衛の五男として江戸深川で生まれる。1790（寛政2）年、山東京伝を訪れ弟子入りを請う。弟子入りは断られたものの、親しく出入りすることを許され、翌年黄表紙の『尽用而二分狂言』を発表し、戯作者として出発する。生活の安定のため、1792（寛政4）年、蔦屋重三郎に手代として雇われたり婿入りをして下駄屋の商売を始めたりもしたが、生活が安定すると執筆に専念し、『椿説弓張月』や『南総里見八犬伝』など数々の傑作を残す。1848（嘉永元）年、死去。

---

**国枝史郎**（くにえだ　しろう）

1887（明治20）年、長野県生まれ。早稲田大学在学中に複数の同人誌に小説を寄稿。1910（明治43）年に戯曲集『レモンの花の咲く丘へ』を自費出版しデビュー。1917（大正6）年に松竹座に入社し、専属の脚本家となるも病気のため退社。1922（大正11）年に『蔦葛木曽桟《つたかづらきそのかけはし》』が評判となり人気作家に。1925（大正14）年に「苦楽」で『神《しん》州《しゅう》纐纈城《こうけつじょう》』の連載を開始。未完に終わったものの、発表から40年以上経った後に出版され、三島由紀夫から高く評価された。1943（昭和18）年、喉頭癌のため死去。

## 初対面

「あの、お客様でございますよ」

女房のお菊《きく》が知らせて来た。

「へえ、何人《だれ》だね？　蔦屋《つたや》さんかえ？」

京伝《きょうでん》はひょいと眼を上げた。陽あたりのいい二階の書斎で、冬のことで炬燵《こたつ》がかけてある。

「見たこともないお侍様で、滝沢《たきざわ》様とか仰有《おつしや》いましたよ。是非ともお眼にかかりたいんですって？」

「敵討ちじゃあるまいな。俺は殺される覚えはねえ。もっともこれまで草双紙の上じゃ随分人も殺したが……」

「弟子入りしたいって云《い》うんですよ」

「へえこの俺へ弟子入りかえ？　敵討ちよりなお悪いや」

「ではそう云って断わりましょうか？」

「という訳にも行かないだろう。かまうものか通しっちめえ」

女房が引っ込むと引き違いに一人の武士が入って来た。大髻《おおたぶさ》に黒紋付、年恰好は二十五六、筋肉逞しく大兵肥満、威圧するような風采である。小兵で痩せぎすで蒼白くて商人まる出しの京伝にとっては、どうでも苦手でなければならない。

「手前滝沢清左衛門《せいざえもん》、不束者《ふつつかもの》にござりまするが何卒《なにとぞ》今後お見知り置かれ、別してご懇意にあずかりたく……」

「どうも不可《いけね》え、固くるしいね。私《あっし》にゃアどうにも太刀打ち出来ねえ。へいへいどうぞお心安くね。お尋ねにあずかりやした山東庵京伝、正に私でごぜえやす。とこうバラケンにゆきやしょう。アッハハハハどうでげすな？」

「これはこれはお手軽のご挨拶、かえって恐縮に存じます」

「どう致しまして、反対《あべこべ》だ、恐縮するのは私《わっち》の方で。……さて、お訪ねのご用の筋は？とこう一つゆきやしょうかな」

「は、その事でござりますが、手前戯作者志願でござって、ついては厚顔のお願いながら、ご門下の列に加わりたく……」

「へえ、そりゃア本当ですかい？」

「手前お上手は申しませぬ」

「それにしちゃア智慧がねえ……」

「え？」と武士は眼を見張る。

「何を、口が辷《すべ》りやした。それにしても無分別ですね。見れば立派なお侍様、農工商の上に立つ仁だ。何を好んで幇間などに……」

「幇間？」と武士は不思議そうに、

「戯作者は幇間でござりましょうか？」

「人気商売でげすからな。幇間で悪くば先ず芸人。……」

ツルリと京伝は頤《おとがい》を撫でる。自分で云ったその言葉がどうやら気に入ったらしい。

「手前の考えは些《ちと》違います」

「ハイハイお説はいずれその中ゆっくり拝聴致すとして、第二に戯作というこの商売、岡眼で見たほど楽でげえせん」

「いやその点は覚悟の前で……」

「ところで、これ迄《まで》文のようなものを作ったことでもござんすかえ？」

「はっ」と云うと侍は、つと懐中へ手を入れたが、取り出したのは綴じた紙である。

「見るにも耐えぬ拙作ながら、ほんの小手調べに綴りましたもの、ご迷惑でもござりましょうがお隙の際に一二枚ご閲読下さらば光栄の至《いたり》。……」

「へえ、こいつア驚いた。いやどうも早手廻しで。ぜっぴ江戸ッ子はこうなくちゃならねえ。こいつア大きに気に入りやした。はは題して『壬生《みぶ》狂言』……ようごす、一つ拝見しやしょう。五六日経っておいでなせえ」

で、武士は帰って行ったが、この武士こそ他ならぬ後年の曲亭馬琴であった。

「来て見れば左程でもなし富士の山。江戸で名高い山東庵京伝も思ったより薄っぺらな男ではあった」

これが馬琴の眼にうつった山東京伝の印象であった。

「変に高慢でブッキラ棒で愛嬌のねえ侍じゃねえか。……第一体が大き過ぎらあ」

京伝に映った馬琴の態度も決して感じのいいものではなかった。

さも面倒だというように、馬琴の置いて行った原稿を、やおら京伝は取り上げたが、面白くもなさそうに読み出した。しかし十枚と読まない中に彼はすっかり魅せられた。そうして終《しま》いまで読んでしまうと深い溜息さえ吐いたものである。

「こいつアどうも驚いたな。いや実に甘《うま》いものだ。この力強い文章はどうだ。それに引証の該博さは。……この塩梅《あんばい》で進歩《すすむ》としたら五年三年の後が思い遣られる。まず一流という所だろう。……三十年五十年経った後には山東京伝という俺の名なんか口にする者さえなくなるだろう。……これこそ本当に天成《うまれながら》の戯作者とでもいうのであろう」

こう考えて来て京伝はにわかに心が寂しくなり焦燥をさえ感じて来た。とはいえ嫉妬は感じなかった。むしろ馬琴を早く呼んで、褒め千切りたくてならないのであった。

### 手錠五十日

明日《あす》とも云わず其日《そのひ》即刻《そっこく》、京伝は使いを走らせて馬琴を家へ呼んで来た。

「滝沢さん、素敵でげすなア」

のっけから感嘆詞を浴びせかけたが、

「立派なものです。驚きやした。悠に一家を為して居りやす。京伝黙って頭を下げやす。門下などとは飛んでもない話。組合になりやしょう友達になりやしょう。いやいや私《わっち》こそ教えを受けやしょう」こんな具合に褒めたものである。

馬琴は黙って聞いていたが、別に嬉しそうな顔もしない。大袈裟な言葉をのべつ幕無しふんだんに飛び出させる京伝の口を、寧ろ皮肉な眼付きをして、じろじろ見遣るばかりであった。

「それはさておきご相談……」

と、京伝は落語でも語るようにペラペラ軽快に喋舌《しゃべ》って来たのを、ひょいとここで横へ逸らせ、

「どうでげすな滝沢さん、私の家へ来なすっては。一つ部屋へ机を並べて一諸に遣ろうじゃごわせんか」

「おおそれは何よりの事。洵《まこと》参って宜敷ゅうござるかな」

馬琴はじめて莞爾とした。

「ようござんすともおいでなせえ。明日《あす》ともいわず今日越しなせえ。……おい八蔵や八蔵や、お引っ越しの手伝いをしな」

手を拍って使僕《こもの》を呼んだものである。

馬琴の父は興蔵《こうぞう》といって松平信成《のぶなり》の用人であったが、馬琴の幼時死亡した。家は長兄の興旨《こうし》が継いだが故あって主家を浪人した。しかし馬琴だけは止まって若殿のお相手をしたものである。しかるに若殿がお多分に洩れず没分暁漢《わからずや》の悪童で馬琴を撲ったり叩いたりした。そうでなくてさえ豪毅一徹清廉潔白の馬琴である。憤然として袖を払い、

木がらしに思い立ちけり神の旅

こういう一句を壁に認めると、飄然と主家を立ち去ってしまった。十四歳の時である。

「もうもう宮仕えは真平だ」

馬琴は固く決心したが、しかしそれでは食って行けない。止むを得ず戸田侯の徒士《かち》となったり旗本邸を廻り歩いたり、突然医家を志し幕府の典医山本宗英《やまもとしゅうえい》の薬籠《やくろう》持ちとなって見たり、そうかと思うと儒者を志願し亀田鵬斎《ほうさい》の門をくぐったり、石川五山に従って柄にない狂歌を学んだり、橘千蔭《たちばなちかげ》に書を習ったりしたが、成功することは出来なかった。こうして最後に志したのが好きの道の戯作者であったが、ここに初めて京伝によってその天才を認められたのである。――馬琴この時二十四歳、そうして京伝は三十歳であった。

版元蔦屋重三郎がある日銀座の京伝の住居《すまい》をさも忙《せわ》しそうに訪れた。

「おおこれは耕書堂《こうしよどう》さん」

「お互いひどい目に逢いましたなア」

蔦屋は哄然と笑ったものである。

幕府施政の方針に触れ、草双紙が絶版に附せられたのは天明《てんめい》末年のことであった。恋《こい》川春町《かわしゅんちょう》、芝全交《しばぜんこう》、平沢喜三二《ひらさわきさじ》と云ったような当時一流の戯作者達はこの機会に失脚し、京伝一人の天下となり大いに気持を宜《よ》くしたものであるが、寛政《かんせい》二年の洒落本禁止令は京伝の手足を奪ってしまった。

と云ってこれまで売り込んだ名をみすみす葬ってしまうのは如何《いか》にも残念という所から版元蔦屋と相談した末「教訓読本」と表題を変え、内味は同じ洒落本を蔦屋の手で発行した。思惑通りの大当りで増版々々という景気であったが、果然鉄槌は天下った。利益に眩み上を畏れず下知《げち》を犯したは不届というので蔦屋は身上半減で闕所《けっしょ》、京伝は手鎖五十日と云う大きな灸をすえられたのである。

「さて」と蔦屋は居住居を直し京伝の顔色を窺ったが、

「身上半減でこの蔦屋もこれまでのようにはゆきませんが、しかしこのまま廃《すた》れてしまっては商売冥利死んでも死なれません。そこでご相談に上りましたが、今年もいよいよ歳暮《くれ》にせまり新年《はる》の仕度を致さねばならず、ついては洵に申し兼ねますが、お上のお達しに逆らわない範囲で草双紙をお書き下さるまいか」

余儀ない様子に頼んだものである。

京伝は腕を組んで聞いていたが、早速には返辞もしなかった。――彼はすっかり懲りたのである。五十日の鉄の手錠は彼には少し重すぎた。いっそ戯作の足を洗い小さくともよいから店でも出し、袋物でも商おうかしら？　それに今こそ人気ではあるがいつ落ちないものでもなし、それにもし今度忌避に触れたら牢に入れられないものでもない。あぶないあぶないと思っているのであった。

「しかし蔦屋も気の毒だな。身上半減は辛かろう。日頃剛愎であるだけにこんな場合には尚耐《こた》えよう。それに年来《としごろ》蔦屋には随分俺も厄介になった。ここで没義道《もぎどう》に見捨てることも出来ない」

　で、京伝は云ったものである。

「ようごす、ひとつ書きやしょう」

## 戯作道精進

「さあ忙しいぞ忙しいぞ」

　蔦屋重三郎の帰った後、京伝は大袈裟にこう云いながら性急に机へ向かったが、性来の遅筆はどうにもならず、ただ筆を噛むばかりであった。

　そこへのっそりと入って来たのは居候の馬琴である。

「あ、そうだ、こいつア宜《い》い」

何と思ったか京伝はポンと筆で机を打ったが、

「滝沢さん、頼みますぜ」

藪から棒に云ったものである。

「何でござるな」と云いながら、六尺豊かの偉大な体をずんぐりとそこへ坐らせたが、馬琴は不思議そうに眼をパチつかせる。

「偉いお荷物を背負い込んでね、大あぶあぶの助け船でさあ。実は……」と京伝は蔦屋との話をざっと馬琴へ話した後、

「新年《はる》と云っても逼って居りやす。四編はどうでも書かずばなるまい。とても私《わっち》の手には合わず、さりとて今更断りもならず、四苦八苦の態たらくでげす。――いかがでげしょう滝沢さん、代作をなすっちゃア下さるまいか？」

とうとう切り出したものである。

「代作？」と云って渋面を作る。

馬琴には意味が呑み込めないらしい。

「左様、代作、不可《いけま》せんかえ？」

「……で、筋はどうなりますな？」

「ああ筋ですか、胸三寸、それはここに蔵して居ります」

ポンと胸を叩いたが、それから例の落語口調でその「筋」なるものを語り出した。

黙って馬琴は聞いていたが、時々水のような冷い笑いを頰の辺りへ浮べたものである。聞いてしまうと軽く頷き、

「よろしゅうござる、代作しましょう」

「では承知して下さるか」

「ともかくも筆慣らし、その筋立てで書いて見ましょう」

「や、そいつア有難てえ。無論稿料は山分けですぜ」

しかしそれには返辞もせず、馬琴はノッソリ立ち上ったが、やがて自分の机へ行くと、もう筆を取り上げた。

筆を投ずれば風を生じ百言即座《たちどころ》に発するというのが所謂《いわゆる》馬琴の作風であって、推敲反覆の京伝から見れば奇蹟と云わなければならなかった。

その日から数えて一月ばかりの間に、実に馬琴は五編の物語をいと易々と仕上げたのである。しかも京伝の物語った筋は刺身のツマほども加味して居らず大方は馬琴の独創であって、これが京伝を驚かせもし又内心恐れさせもしたが、苦情を云うべき事柄ではない。で、黙って受取って自分の綴った二編を加え蔦屋の手へ渡したのである。

七編の草双紙は初春早々山東京伝の署名の下に蔦屋から市場へ売出されたが、やはり破《わ》れるような人気を博し今度は有司にも咎められず、先ずは大々的成功であったが、これを最後に京伝は、草双紙、洒落本から足を抜き、教訓物や昔咄や「実語教稚講釈《じつごきようおさなこうしやく》」

こう云ったような質実《じみ》な物へ、努めて世界を求めて行った。これは手錠に懲りたからでもあるが、又馬琴の大才を恐れ、同じ方面で角逐《かくちく》することの、不得策であることを知ったからでもある。

その馬琴はそれから間もなく、蔦屋重三郎に懇望され、京伝の食客《いそうろう》から一躍して、耕書堂書店の番頭となったが、これはこの時の代作が稀代の成功を齎《もたら》したからであった。

「蔦屋《ここ》へ来て何より嬉しいのは自由に書物《ほん》が読まれることだ」

馬琴はこう云って喜んだが、それはさすがに書店だけに、耕書堂蔦屋には文庫があり、戦記や物語の古書籍が豊富に貯えられていたからである。馬琴は用事の隙々《ひまひま》にそれらの書物を渉猟し、飽無き智慧慾を満足させた。

戯作者としては彼の体が余りに偉大であったので、冗談ではなく誠心《まごころ》から相撲になれと進める者があったが彼は笑って取り合わなかった。その清廉の精神と堂々の風彩を見込まれて、蔦屋の親戚の遊女屋から入婿になるよう望まれたが、馬琴は相手にしなかった。

側眼もふらず戯作道を彼は精進したのである。

曲亭馬琴と署名して「春の花虱《しらみ》の道行」を耕書堂から出版《だ》したのは、それから間もなくのことであったが、幸先よくもこの処女作は相当喝采を博したものである。

これに気を得て続々と馬琴は諸作を発表したが、折しも京伝は転化期にあり、他に目星しい競争者もなく、文字通り彼の一人舞台であり、かつは名文家で精力絶倫、第一人者と成ったのは理の当然というべきであろう。

しかし間もなく競争者は意外の方面から現われた。十返舎一九《じっぺんしゃいっく》、式亭三馬《しきていさんば》が、滑稽物をひっさげて、戯作界へ現われたのは馬琴にとっては容易ならない競争相手といってよかろう。

## 物を云う据風呂桶

それはある年の大晦日、しかも夕暮のことであったが、新しい草双紙の腹案をあれかこれかと考えながら、雑踏の深川の大通りを一人馬琴は歩いていた。

と、ボンと衝突《つきあた》った。

「ああ痛！」と思わず叫び俯向いていた顔をひょいと上げると、据風呂桶がニョッキリと眼の前に立っているではないか。

「えい篦棒《べらぼう》、気を付けろい！」桶の中から人の声がする。

「桶を冠っているからにゃ、眼のみえねえのは解り切っていらあ。何でえ盲目《めくら》に衝突たりやがって。ええ気をつけろい気をつけろい！」

莫迦に威勢のよい捲き舌で桶の中の男は罵詈《ののし》ったが、馬琴にはその声に聞き覚えがあった。それに白昼の大晦日に、深川の通りを風呂桶を冠って横行闊歩する人間は、あの男以外には無いはずである。

そこで馬琴は声を掛けて見た。

「おい貴公十返舎ではないか」

「え？」

桶の中の男は酷《ひど》く驚いた様子であったが、にわかにゲラゲラ笑い出し、

「解ったぞ解ったぞ声に聞き覚えがある。滝沢氏でござろうがな。アッハハハ、奇遇々々。いかにも手前十返舎一九、冑《かぶと》を脱いでいざ見参！　ありゃありゃありゃありゃ、ソレソレソレソレソレ」

掛声と一緒に据風呂桶を次第に高く持ち上げたが、ヌッと裾から顔を覗かせると、

「一夜明ければ新玉の年、初湯を立てようと存じやしてな、風呂桶を借りて参りやした。そこで何と滝沢氏、明日《あす》は是非とも年始がてら初湯を試みにお出かけ下され。確《しか》とお約束致しやした。しからばこれにて、ハイハイご免。ありゃありゃありゃありゃ、お隠れお隠れ、血塊々々、ソレソレソレソレ」

ふたたびスッポリ桶を冠るとやがてユサユサと歩き出した。

後を見送った曲亭馬琴は、笑うことさえ出来なかった。あまりに一九の遣り口が彼とかけ離れているからである。

「いやどうも呆れたものだ」

馬琴は静かに歩きながら思わず口へ出して呟いた。

「洒落と奇矯でこの浮世を夢のように送ろうとする。果してそれでよいものだろうか？　今江戸に住む戯作者という戯作者、立派な学者の太田蜀山さえ、そういう傾向を持っている。一体これでよいものだろうか？　どうも自分には解らない」

馬琴は何となく寂しくなった。肩を落とし首を垂れ、うそ寒そうに足を運ぶ。

「京伝は俗物、一九は洒落者、そうして三馬は小皮肉家。……俺一人彼奴《きやつ》らと異《ちが》う。これは確かに寂しいことだ。しかし」と馬琴は昂然と、その人一倍大きな頭を、元気よく肩の上へ振上げたが、

「人は人だ、俺は俺だ！　俺はやっぱり俺の道を行こう。仁義礼智……教訓……指導……俺は道徳で押して行こう。俺の目的は済世救民だ！」

彼は足早に歩き出した。何の不安も無さそうである。

その翌日のことであったが、物堅い馬琴は約束通り、儀礼年始の正装で一九の家を訪れた。

「これはこれは滝沢氏、ようこそおいで下されやした。何はともあれ初湯一風呂さあさあザッとお召しなさりませ。湯加減も上々吉、湯の辞儀は水とやら十段目でいって居りやす。年賀の挨拶もそれからのこと、へへへへ、お風呂召しましょう」

一九は酷《ひど》くはしゃぎ廻り無闇と風呂を勧めるのであった。

## 東海道中膝栗毛

「左様でござるかな、仰せに従い、では一風呂いただきましょうかな」

馬琴は喜んで立ち上り、一九の案内で風呂場へ行ったが、やがて手早く式服を脱ぐと、まず手拭で肌を湿し、それから風呂へ身を沈めた。些か湯加減は温いようである。

「これは早速には出られそうもない。迂潤《うつかり》出ると風邪を引く。ちとこれは迷惑だわえ」

心中少しく閉口しながら馬琴はじっと沈んでいたが、銭湯と異い振舞い風呂、いつまで漬かっても居られない。で手拭で体を拭き、急いで衣装を着けようとした。どうしたものか衣類がない。式服一切下襦袢までどこへ行ったものか影も形もない。

驚いた馬琴が手を拍つと、ノッソリ下男が頭を出したが、

「へえ、お客様、何かご用で？」

「私《わし》の衣類《わたくし》はどこへ遣ったな？」

「へえ、私知りましねえ」

「ご主人はどうなされた？」

「あわててどこかへ出て行きやした」

「何、出て行った？　客を捨てか？」

「珍しいことでごぜえません」

「寒くてたまらぬ。代わりの衣類は無いか」

「古布子《ふるぬのこ》ならございますだ」

「古布子結構それを貸してくれ」

下男の持って来た布子を着、結び慣れない三尺を結び、座敷の真中へぽつねんと坐り、馬琴は暫らく待っていたが、一九は容易に帰宅しない。

その中元旦の日が暮れて、燈火《ともしび》が家毎に燈《とも》るようになった。その時ようやく門口が開き、一九は姿を現わしたが、見れば馬琴の式服を臆面もなく纏っている。

「アッハハハ」と先ず笑い、

「式服拝借致しやした。おかげをもって近所合壁年始廻りが出来やした。いや何式服というものは、友達一人持って居れば、それで萬端役立つもので、決して遠慮はいりやせん、借りて済ますが得策でげす」

自分が物でも貸したように平然として云ったものである。

呆れた馬琴が何とも云わず、程経て辞して帰ったのは、笑止千萬のことであった。

一九の父は駿府の同心、一生不遇で世を終わったが、それが一九に遺伝したか、少年時代から悪賢く、人生を僻んで見るようになった。独創の才は無かったが、しかし一個の奇才として当代の文壇に雄飛したことは、又珍しいということが出来よう。

真夏が江戸へ訪れて来た。

観世音《かんぜおん》四萬三千日、草市、盂蘭盆会《うらぼんえ》も瞬間《またたくま》に過ぎ土用の丑の日にも近くなった。毎日空はカラリと晴れ、市中はむらむらと蒸し暑い。

軽い歯痛に悩まされ、珍しく一九は早起きをしたが、そのままフラリと家を出ると日本橋の方へ足を向けた。

橋上に佇んで見下せば、河の面には靄立ち罩《こ》め、纜《もや》った船も未だ醒めず、動くものと云えば無数の鷗が飛び翔け巡る姿ばかりである。

「ああすがすがしい景色ではある」

いつか歯痛も納まって、一九の心は明るくなっていた。

「ゆくものは斯《かく》の如《ごと》し昼夜をわかたずと、支那の孔子様は云ったというが、全く水を見ていると心持が異《ち が》って来る。……今流れている橋の下の水は、品川の海へ注ぐのだが、その海の水は岸を洗い東海道をどこまでも外国までも続いている。おおマア何と素晴らしいんだろう」

いつもに似ない真面目な心持で、こんな事を考えている中、ふと旅情に誘われた。

「夏の東海道を歩いたら、まあどんなにいいだろうなあ」

彼はフラフラと歩き出した。足は品川へ向かって行く。

四辺《あたり》を見れば旅人の群が、朝靄の中をチラホラと、自分と前後して歩いて行く。駕籠で飛ばせる人もあり、品川宿の辺りからは道中馬も立つと見えて、竹に雀はの馬子唄に合わせ、チャリンチャリンと鈴の音が松の並木に木精《こだま》を起こし、いよいよ旅情をそそるのであった。川崎、神奈川、程ヶ谷と過ぎ、戸塚の宿へ入った頃には、日もとっぷりと暮れたので、笹屋という旅籠《はたご》へ泊ったが、これぞ東海道五十三次を三月がかりで遊び歩いた長い旅行の第一日であり、一九の名をして不朽ならしめた、「東海道中膝栗毛《とうかいどうちゅうひざくりげ》」の、モデルとなるべき最初の日であった。

## 剣道極意無想の構え

「もう俺も若くはない。畢世の仕事、不朽の仕事に、そろそろ取りかかる必要があろう」

こういう強い決心の下に「八犬伝」に筆を染めたのは、文化十一年の春であった。

この頃の馬琴の人気と来ては洵に眼覚しいものであって、戯作界の第一人者、誰一人歯の立つ者はなく、版元などは毎日のように機嫌伺いに人をよこし、狷介孤嶂《けんかいこしょう》の彼の心を努めて迎えようとした程である。

「八犬伝」の最初の編が一度市場へ現われるや、萬本即座《たちどころ》に売り尽くすという空前の売れ行きを現わした。書斎の隣室へ朝から晩まで画工と彫刻師とが詰めかけて来て、一枚書ければ一枚だけ絵に描いて版に起こし、一編集まれば一編だけ、本に纏めて売り出すのであった、それでも読者は待ち兼ねて矢のような催促をするのであった。

こうして四編を出した時、馬琴はにわかに行き詰まった。

「俺は身分は武士であったが、何故か武芸を侮ってこれまで一度も学んだことがない。武芸を知らずに武勇譚を書く、これは行き詰るのが当然である」

こう考えて来て当惑したが、そこは精力絶倫の馬琴のことであったから、決して挫折はしなかった。当時の剣客浅利《あさり》又七郎《またしちろう》へ贄《にえ》を入れて門下となり、剣を修めようとしたのである。馬琴の健気《けなげ》なこの希望《のぞみ》を浅利又七郎は受け納《い》れた。

「先ず型を習うがよい」

又七郎はこう云って自身手をとって教授した。型の修行が積んだ所で又七郎は云った。

「極意に悟入する必要がある。無念無想ということだ」

「無念無想と申しますと？」

馬琴にはその意味が解らなかった。

「敵に向って考えぬことだ」

「全身隙だらけにはなりますまいか？」

「そこだ」と又七郎は頷いたが、

「全身これ隙、それがよいのだ」

「ははあ左様でございましょうか」

「全身隙ということは隙が無いと同じことだ」

「ははあ」と馬琴は眼を丸くする。

「守りが乱《みだ》れて隙となる。最初から体を守らなかったら、隙の出来よう筈はない」

「あっ、成程、これはごもっとも」

「さて、剣だ、下段に構えるがよい。相手の腹を狙うのだ。切るのではない突き通すのだ。眼は自分の足許を見る。そうしてじっと動かない。敵の刀が自分の体へヒヤリと一太刀触れた時グイと剣を突き出すがよい。肉を斬らせて骨を斬る。間違っても合討ちとはなろう。打ち合わす太刀の下こそ地獄なれ身を捨てこそ浮かむ瀬もあれ。一刀流の極意の歌だ。貴殿は中年も過ごして居る。今更剣を学んだ所で到底一流には達しられぬ。無駄な時間を費やさぬがよい」

「御教訓忝《かたじけ》のう存じます」

馬琴は礼を云って引き退ったが、心中多少不満であった。極意についての解釈も、解ったようで解らなかった。従って「八犬伝」の続稿も、書き進むことが出来なかった。憂鬱の日が続いたのである。

しかし間もなく意外な事件が馬琴の身上に降って湧いた。そうしてそれが馬琴の心を、ガラリ一変させたものである。

ある夜、馬琴はただ一人、柳原の土手を歩いていた。

と、一人の若侍が、暗い柳の立木の陰から、つと姿を現わしたが宗十郎頭巾で顔を包み黒紋付を着流している。

馬琴は気味悪く思いながらも、引き返すことも出来なかったので、往来の端を足音を忍ばせ、しとしとと先へ歩いて行った。すると、ひそかに心配していた通り、覆面の武士が近寄って来た。スルリ双方擦れ違った途端、キラリと剣光が閃いた。

「抜いたな」と馬琴は感付いたが、却《にげ》も走りもしなかった。かえって彼は立ち止まったのである。それから静かに刀を抜くと、それを下段に付けたまま悠然と体の方向《むき》を変え、グルリ背後《うしろ》へ振り向いて辻斬の武士と向かい合った。

「うむ、ここだな、無念無想！」

馬琴は心で呟くと、故意《わざ》と相手の姿は見ずに自分の足許へ眼を注けた。臍下丹田に心を落ち付け、いつ迄も無言で佇んだ。

相手の武士もかかって来ない。青眼に刀を構えたまま、微動をさえもしないのである。

## 八犬伝書き進む

その時武士の囁く声が馬琴の耳へ聞こえてきた。

「驚き入ったる無想の構え。合討ちになるも無駄なこと、いざ刀をお納め下され」

そういう言葉の切れた時パチリと鍔鳴りの音がした。武士は刀を納めたらしい。しかし馬琴は動かなかった。じいっと刀を構えたまま不動の姿勢を崩そうともしない。返辞をしようともしなかった。声の顫えるのを恐れたからである。

と、また武士の声がした。

「拙者は武術修行の者、千葉周作成政と申す。ご姓名お聞かせ下さるまいか」

しかし馬琴は返辞をしない。無念無想を続けている。

「誰人《どなた》に従《つ》いて学ばれたな？　お聞かせ下さることなりますまいかな？」

武士の声はまた云った。

「拙者師匠は浅利又七郎」

馬琴は初めてこう云ったがその声は顫えていなかった。この時彼の心持は水のように澄み切っていたのである。

「ははあ、浅利殿でござったか。道理で」と武士は呟くように云った。

「今夜は拙者の負けでござる。ご免」と云う声が聞こえたかと思うと、立ち去るらしい足音がした。

その足音の消えた時、馬琴は初めて顔を上げた。武士の姿はどこにも見えない。そこには闇が有るばかりである。

自分の家へ帰って来ると、直ぐに馬琴は筆を執った。犬飼現八の怪猫退治――八犬伝での大修羅場は、瞬間にして出来上ったが、爾来滞ることもなく厖大極まる物語りは、二十年間書きつづけられたのである。

葛飾北斎

# 北斎秘画

今東光

登場人物：**葛飾北斎**（かつしか　ほくさい）

1760（宝暦10）年生まれ。江戸本所割下水で川村某の子として出生。1778（安永7）年に浮世絵師勝川春章に師事し、以降1849（嘉永2）年までの70年間、人物画や風景画、花鳥画、宗教画などあらゆる分野を絵の題材とし、版画や読本の挿絵、肉筆画など生涯で約3万4千点の作品を残す。また葛飾北斎以外にも「勝川春朗」「菱川宗理」「画狂人」「卍老人」など様々な画号を名乗ったことでも知られる。1849（嘉永2）年、死去。主な代表作に『富嶽三十六景』、『諸国瀧廻り』、『北斎漫画』。

---

**今東光**（こん　とうこう）

1898（明治31）年、神奈川県横浜市生まれ。1917（大正6）年に生涯の師と仰ぐ、谷崎潤一郎と出会う。1921（大正10）年、川端康成の強い推薦により第六次「新思潮」に参加。1923（大正12）年には川端、菊池寛らと「文藝春秋」を創刊する。1925（大正14）年には処女小説集『瘦せた花嫁』を発表し文壇で活躍するも、1930（昭和5）年に出家し、20年近く文壇を離れる。1953（昭和28）年に文壇に復帰すると1957（昭和32）年に『お吟さま』で第36回直木賞を受賞。その後は文壇だけでなく、週刊誌やテレビでも「毒舌和尚」として活躍する。1977（昭和52）年、急性肺炎のため死去。

引越しも五十度をこすと家人も慣れたもので、画室は北向きの部屋ときまっているのでそっくりそのまま移したようにし、ほっと一息ついているところへ玄関の辺で、

「頼もう」

という声がする。

「どオれ」

と出てみると、もう二三度も訪ねて来た津軽藩十万石の御近習役《きんじゅう》毛内隼人という人物だ。

「またご転宅でしたか。どうもさがすのに骨折れしたをねす。ときにへんへい（先生）はご在宅でしか」

「いえ。まだ旅から帰らないでござんすよ。なにしろのん気な仁《ひと》だもんですから」

「ほう。まだ旅さおでかけのままでしか」

「あい」

「何日頃お帰りでしか」

「さあ。足のむくまま気のすむまで、着たきり雀で行きっぱなしですから」

「どこさお出かけで」

「それが一向に見当がつかないんですよ。いつぞやは銭湯へ行くといって手拭をぶらさげたまま名古屋まで行ってしまうし」

「えっ。名古屋でしと。あの尾張国の名古屋でしか」

「はい」

「それで」

「一カ月ほどたって、ひょっくら戻ってまいりました」

「それだば、今度ア何日だかおわかりにならねえのし」

「あい。鉄砲玉みたいですから」

「それだば困ったねす。私は殿様に申し訳がねえのす」

「本当にお気の毒に思いますのさ」

「なにしろ殿様が佐竹様のお屋敷で、こつらのへんへいの御絵をご覧なされて、すっかり感服したのす。それで是が非でもへんへいに屏風《びょうぶ》に描いてほしいから頼んでこいと命じられたのねす。それでへんへいにお会いしたば、そのうち気がむいたら描いてやるべしと仰せられたので」

「あい。あの仁は、そのときはいつでもその気になってお返事してしまうんですよ。だけど図柄がぴんとこないと何日《いつ》までたっても筆をおろさないんです。ご覧下さいまし。先の家からこの家へ引越したんですが、まだ新居もみないうちに飄然《ひょうぜん》と出かけて行って行方しれずの有様で、画室もそっくりそのまま移したんです。一つでも違ってると気にいらないいんですよ」

「先の所も明るい好い家でしたのにねす」

「そうなんです。もう何度、引越ししてるかしれやしません。画号を毎年のように変えるように、家だって直ぐ引越し騒ぎなんです。なにが気にいらないのか存じませんが、一番ひどいときには一日に三度も引越し騒ぎをしたんですよ」

「うんにゃ。これには驚きいり申したじゃ。絵師だの、詩人だのは、天才がおられましでな。秀抜な奇行に富んでおられまして常人の企ておよぶところではねえのす。ふひえ。一日に三度も」

「あい。最初の家は大家の親父の顔が気にいらないって言うんですよ。だって、こればかりは直しようがないじゃござんせぬか。次の家は前を荷馬車が通るので埃《ほこり》っぽいって言うんです。大きなお屋敷なら埃はおろか、町の物音も聞えないかもしれませんが、うちのような町の貧乏絵師の家は棟割り長屋でござんしょう。ちったあ埃だってまいこんで来ますよ。そこでまた引越して三度目の家へ行ったんですが、そこはまた隣り近所の子供らが多勢で遊んでると、こんな砂利の多いところは騒々しくって気が散って不可いっていうことで引越したんです。その次の家にやっと落ちついたのが、あの家なんでござんす」

「そりゃさぞかし気骨の折れることでしな。あの家に何日ほどお住いでしたか」

「さあ。十日ばかりじゃなかったかと思います。だって、あんまり引越すんでわからなくなってしまったんでござんす」

「うちの殿様は、こつらのへんへいの気性までお好きでしてな」

「まあ、そりゃア光栄でございますこと。なんと申されても奥州津軽で十万石のお殿様。本所の津軽か津軽の本所かと言われるほどのお方から、そんなにまで」

「はあ。佐竹様のお屋敷でご覧遊ばされた御屏風は、鰰《はたはた》をお描きなされたもので、しかも秋田の鰰は佐竹家の御定紋がついてるそうでしな」

「まあ。左様でございますか。ちっとも存じませんが」

「なんでも佐竹様が常陸国から秋田さお国替なさると、鰰もお供したそうでしな。それで秋田の鰰だけは五本骨日の丸扇の御定紋をつけでるという話でしな。そしたこともへんへいはよくご存じで、ちゃんと描いてあれしたそうでしな」

「まあ。それまで」

「それでうちの殿様すっかり感服なされたげだすをな」

「そりゃあの仁は何所のお国へでも旅をしなさるからでしょう。そういうこともしっていなさるからは」

津軽家の家来と称する若年の実直そうな侍は、まだ取りちらかされている玄関に立ったまま長々と話しこんでいるのだ。雪深い奥州の客は炉べりででも話しこんでいるようにのろくさい話しぶりだ。こんなお使者で役にたつのかと気づかわれるような人物だ。

「お栄さん」

家の奥から声がかかった。弟子の北馬だ。

「はい」

「これはどこへ置くんですかい」

少し癇《かん》の走った声だった。

「好いようにして下さい。貴方はよくしってるじゃありませんかえ」

「だって、これは先生の物ですぜ」

するとお栄もはっとして、

「なにしろ、うちの先生ときちゃ烟草盆《たばこ》でも筆でも置き所がひとつ違っても大変なんですよ。直ぐ雷様が落ちますんですよ」

「いや。これはお邪魔せした。飛んだところさ舞いこみますて」

「いいえ、あなた」

「なにしろ殿のお言いつけだもんだはで斯《こ》うしてお伺いしたんですども、肝心のへんへいがお留守だば、どすことも出来まへんじゃ。ねさ。お帰りになりましたばなにとぞ、あなた様からくれぐれも」

「はい。はい。なん度もお運び頂きまして本当にあいすみません」

「なんずうても北斎へんへいのことですじゃ。それ位のことは覚悟してますじゃ」

と額の汗を拭いた。それにしても宮仕えの辛さにくらべると、天衣無縫といいたいくらいの画狂人北斎の行動はなんとも羨《うらや》ましいかぎりだ。津軽越中守信順侯の招きもなんのその飄々としていずこかの見しらぬ山水を質《たず》ねて歩き廻っているとはなんたる心境であろうか。

毛内隼人は北斎の家を辞去すると本所二ツ目の津軽藩邸に帰る足がにぶった。殿様は秋田少将佐竹様のお屋敷で見た北斎の屏風に惚《ほ》れこんでしまった。北海の浪荒い中で鰰の網漁をしている漁夫と、花のこぼれるような波頭に浮いている漁舟と、その背景になる山河は狩野風の筆致で、精密な人物と能《よ》く対照しているのだ。これだけでも一人の町絵師の作品とは思えない。

そのうえに細かい網の中で躍動している無鱗の鰰にはふしぎにも五本骨の日の丸の扇の定紋が、それとわかるほどに描いてあるのだ。

新羅三郎源ノ義光（八幡太郎義家の舎弟）の末裔《まつえい》で、本国常陸国水戸から出羽国秋田郡久保田二十万五千八百石に転封になると鰰まで君徳を慕って移動し、さてこそ御家紋の鱗《うろこ》に染めだしている伝説をありありと描いて、一見、ただちに秋田の鰰とわかり、それは佐竹右京大夫のご威光を現わしている図柄の奇巧に、舌をまかずにはいられなかった。

津軽侯はなんとかして北斎に、自分のところにもこんな風な作品を描いてほしいと念《おも》ったのだ。一見して津軽と感づくようなもの、津軽ならでは見られないものを描いてほしくなったのだ。細川家へ行くと肥後鍔《つば》を見せられるし、前田家では九谷焼の巧緻《こうち》なものを自慢される。信順侯としても矢も楯もたまらなくなって毛内隼人を召すと、

「細川侯はのう、明珍信家の鍔を蒐集《しゅうしゅう》されておられるげじゃ。それゆえ細川藩中の侍達は、熊本はもとより江戸市中を歩くのにも、行き違う侍ほどの人物の腰の物には目を放たぬそうじゃ。もし信家ほどの鍔を穿《は》めた帯刀を所持する侍には、なんとしても所望して手にいれられるということじゃ。しっておるか」

「へえ。恐れいりまする。寡聞にして隼人、存じませぬ」

「うつけ者め。細川藩士はそれほど主君の志を奉戴しておるのじゃよ。さる浪人者を柳原の辺にて見かけた藩士が、その浪士のあとをつけて浪宅に訪ね、信家の鍔を所望したるところ、手ひどく叱りつけられたが、少しも意に介することなくいくたびも訪ねているうちに、ついに浪人もその志にほだされ侯に献じたのに、侯もその浪人のたしなみをゆかしく思うて召し抱えたということじゃ。そちもそのつもりにて北斎をわが邸に召しつれ参れ」

と命じたのだ。毛内隼人はそれから北斎を訪ねるのだが、おおむね留守、もしかすると居留守をつかったのかもしれないが、そのうちに転宅にぶつかり、もう、二三十度も行くたびに家が変っているのである。

隼人は北斎という風変りな画家を訪問しているうちに、目まぐるしいほど雅号を変えることに気がついた。

嘉永二年に九十歳の長寿を保って世を去るまで、転宅することじつに九十三度。雅号を変えることもまた三十有余に及んでいるのだから、隼人でなくともすでに人の気づくところだった。それだけでもすでに充分に畸人《きじん》と言うことが出来る。しかしながらそれだけなら単に気紛れな男というだけだ。九十年に九十三回の転宅騒ぎでは少くとも毎年一回ずつ引越しをしていることになる。

また三十の雅号ということは三年に一回雅号を変えることになるだけでなんの変哲もない。けれども北斎の場合には、単に居を変えることは心境の変化を求めるということだけでなく、むしろその画境の変化に理由を見出すことが出来るのだ。それなればこそ彼はその度に新しい雅号をつけて発表したのではなかったか。

近代の日本画家は昔流儀の席画というものをしらない。しらないというよりは出来ないのだ。毎年秋の展覧会に制作する作品に見られるように、丹念に塗り潰したような日本画しか描けない画家は、即席で筆を運んで一幅の作品など描くことが不可能だ。一本の線を引くのにも定規をあてるようにして華奢《きやしや》な線をたどっていくのに、昔の画家は懸腕直筆、よく一気呵成《かせい》に一本の線を引き得たのだ。そういう修練の結果、彼らは席画をものすることが出来たのだ。

後になって有名になった北斎の「漫画」などは、勿論、今日の意味におけるマンガとは類を異にするが、その筆使いを見れば人体などの素描はこの席画の技巧を駆使したものだ。非常に筆力のあった北斎は、ときにはこの席画でその卓抜さを発揮したものだ。

ある時など子供に筆をもたせ気ままに点や線や円を描かせ、それを基礎にして北斎は自在に絵を構成したそうだ。というのは北斎はあらゆる物体は点と線と円によって構造されているから、どんな物体も現象も描けると確信していたからだ。ところがそれを見る世人は、これをも北斎流の衒《てら》いと見たのだ。

つぎの話は多分に伝説的ではたして史実であるかどうか疑わしいが、北斎にかんする一つの逸話が伝えられている。

ある年、すでに西の丸に御隠居しておられた大御所様、すなわち前十一代将軍家斉公が浅草の伝法院にお微行《しのび》でお成りになった。

史家はいやしくも当時の公方様が浅草などへかりそめにもおしのびでおいでになる筈がないといって、この事実を否定するのだが、必ずしも事実無根とは言いがたいのである。

「徳川実紀」など将軍家の正史にしるされていないから歴史的事実でないという説は浅釈だ。

いかに将軍であろうとも私的生活の片鱗まで書き残されるものではない。たしかに前将軍家ほどが浅草寺などへおしのびで参詣されるということはあり得ないことだ。

しかしながら浅草寺内の伝法院は上野の輪王寺宮門跡の直轄寺で、金竜山浅草寺の末寺でも別院でもないのだ。伝法院の執事は上野のお山から出張って来て浅草寺境内の権利を握っていたので、奥山からあがる金は伝法院に納めるしきたりになっていた。伝法院の執事職は浅草寺の住職よりも席順は上位だったのだ。それくらいだから伝法院の庭園は小堀遠州《こぼりえんしゅう》が作ったので、上野の宮様が浅草へお成りの節はこの伝法院が宿坊になったのである。したがって庶民は伝法院には近づくことが出来なかった。

そういう伝法院なればこそ、前ノ将軍家斉公がお成りになってもおかしくはないのである。おそらく輪王寺宮法親王の御接待で大御所様は伝法院にお成りになったのであろうか。そこで大御所様をおなぐさめする意味で、御絵所の狩野家では曲がないので、二人の町絵師を招いて席画をつかまつらせた。

一人は高名な谷文晁《たにぶんちょう》で、もう一人は北斎が選に当った。当時、狩野家などをはるかに凌駕《りょうが》し、その生活も豪奢《ごうしゃ》をきわめて大名などにも劣らなかったと言われるほどの谷文晁とともに、晴れの上覧席画を仕《つかまつ》るのだから、北斎の名はいよいよ高くなるとともに、多くの町絵師どもから羨望《せんぼう》と嫉視《しっし》で見られたことであろう。まさしく在野の一浮世絵師が上覧席画を仕るということは破天荒の栄誉であり、したがって天下一を名乗ってしかるべき町絵師というわけだ。

文晁にならんで北斎は、緋毛氈《ひもうせん》の上にのべられた絵絹や画仙紙や唐紙に、縦横の快腕をふるった後で、そういう紙を何枚かつぎたして巨大な長条幅を伸べ、刷毛で流れるような水の姿を描いた。つぎにおもむろに次の間に携えてきた鳥籠から一羽の鶏をとり出すと、その蹠《あしうら》に朱肉をべっとりとつけ、鶏を自由に歩かせた。上の方から歩いた鶏が下の方にさがってくるのを捕えて小脇に抱えた北斎はうやうやしく礼をして、

「立田ノ川の紅葉でござります」

と言上した。よく見るといかにも躍動する水の流れの中に点々と紅葉が散りしいてなんとも言えない風情をそえている。無心に鶏の歩いた足跡は、そのまま人間のはからいを超越して、舞い散る紅葉となって水に押し流されているように見えるのだ。

大御所様は粉本《ふんぽん》をたよりにして、楼閣山水や仙人などしか描けない下手糞な狩野派流の絵を見飽きていたので、この秀抜な町絵師の構想に大変に上機嫌だった。傍に侍した谷文晁のごときは、あまりに大胆な葛飾《かつしか》北斎の振舞いに手に汗を握って畏《かしこま》っていたと伝えられている。

この伝説は江戸中にひろまった。下総国葛飾郡に生れた百姓だと自称するところから、敢《あ》えて葛飾北斎を雅号とした彼には、それだけの抵抗があったのだ。なんらの才能もないくせに、その家に生れたばかりに絵師の長者となり、先祖伝来の絵手本をたよりにやっと下手糞な作品しか描けない狩野一門や、世故に長《た》け社交術も手伝って大名そこのけ

の豪奢な生活をする谷文晁などにたいする面当《つらあて》もあっただろう。

ましてや北斎は生きるたつきとして席画も試みたが、元来、席画などというものは、単に画家の技巧と奇智をみせびらかす曲芸に過ぎないと軽蔑している北斎は、たとえ相手が前将軍であろうとも席画などというものは器用なお遊びごとにすぎないということを諷し、皮肉たっぷりに鶏の曲芸を上覧に供したのであった。

本来なれば、こんな仕業は無礼もはなはだしいものでお叱りを蒙《こうむ》るべきものなのである。それゆえに文晁は胴顫《どうぶる》いしていたのに、北斎だけが洒唖洒唖《しゃあしゃあ》としてこの曲芸を演じてのけたのであった。北斎はこれによって予期以上に天下に名があがるのを怖れずにはいられなかった。本格的な画業でなく、まったく手品のような曲芸によって、画名があがるということは迷惑千万な話なのだ。まして陋巷《ろうこう》にあくせくしている小人輩《ばら》の町絵師仲間は、前将軍家を馬鹿にした振舞いだなどと陰口を叩きかねない。恐るべきは敵でなくして足を引っ張る味方なのだ。北斎は有名になればなるほど見えざる敵がふえるのを感ぜずにはいられなかった。

彼が一作を発表すると必ずその作品には一つ以上の伝説が生れていった。これは天才画人におよそつきまとう傾向の説話だ。彼はそれを嫌ったばかりでなく、そのために必要以上に神経質になって癇癪《かんしゃく》をたてるようになった。彼が人嫌いになったのは多くこのためだ。

隼人はそういう北斎にまつわる噂《うわさ》を方々から聞いていた。はじめて北斎の家を訪ねて幸に会うことが出来、藩公の頼みを伝えると北斎は暫《しばら》く考えてから、

「なんとか……」

と漸《ようや》く返事をした。これを承諾の意に解釈すると、つぎの日には藩公が是非にお目通りを仰せつけるから自分に同道せよと言ってから、表に駕籠《かご》を待たしてあるので御同道せられたいと申しいれると、北斎は案に違わず不愉快な顔をして、

「それは。今日は気分がすぐれませぬで、このつぎの機会にしておくんなさい」

にべもなく断った。

それからというもの毛内隼人は三日にあげず北斎の画室を訪ねたが、いつもどこか工合が悪いとか、仕事の一段落をつけてからとか、何らかの口実をもうけて断るのが常だった。北斎の娘のお栄も顔馴染みとなり、かげに廻っては気の毒そうに隼人に詫《わ》びを言うまでになるほど、彼はひんぴんと北斎通いをつづけていたのである。

そうしているうちに天下第一の風景画家とも称せられた北斎とは、果して人が言うほどの人間嫌いであろうかと疑いはじめた。日本に聞えた名勝を描き、山紫水明の風光に沈潜するのは、畢竟《ひっきょう》、人間が嫌いなために大自然の中に没頭するのだという解釈にあきたらなくなって来たのだ。

隼人は仲見世の絵双紙屋で北斎の作品を次第に買いあさっているうちに、彼ほど心の

底から人間を愛している画家は稀《まれ》だということに気がついた。北斎のあらゆる風景画には必ずといって好いほど人間が点景となっているのだ。後世、北斎を論ずる人の謂《い》うように「人間のいる風景」が実は彼の本領だということに気がつきはじめたのだ。

そのように見てくると北斎の描く人間は、おおむね庶民が多く、生活の中の人間を描いているのだ。したがって北斎は人間が好きでたまらないのだ。好きでたまらないから腹がたつのだ。北斎自身があまりに人間的だからだろう。そう考えつくと毛内隼人は、あのむっつりとした坊主頭の老人が世にも懐しく思われてくるのだ。

まるで吐き出すように返事をし、にべもなく断るのまでが、かえって好ましい態度に思われてくるのだ。人間を甘やかしてはいけない。人間にたいしては厳しい態度をもってのぞまなければならない。その底に限りない愛が滾々《こんこん》として流れている限り、それが北斎だということがわかってきた。

毛内隼人のような武骨で、野暮で、生一本な近習が、あの気むずかしい北斎が男女交悦の秘画を描いたという事実をしったときは、まったく混乱してしまった。そういう作品に渋い顔をすべきか、笑うべきか迷ってしまったのだ。

(あの先生が、へえ――)

あいた口がふさがらないとはこのことだ。北斎に限って他の浮世絵と異る点は、決してそんな秘画などには筆をそめていないことだと信じこんでいたのだ。今日の評価では歌麿、清長、そして北斎を三人の偉大な秘画作家とするものらしい。その一人である北斎の秘画についてはなんの知識もなかった毛内隼人は、北斎はむしろ「人物のいる風景画」を描く偉大な浮世絵師だとばっかり思っていたのだ。

その頃めっきりと擡頭《たいとう》してきた広重は独特の手法によって風景を描き、それが版画という技術を駆使することによって日本の風景が目のさめるように美化された。彼の描いた地点は決して綺麗ではなかった。

江戸の街の名物は伊勢屋横町に犬の糞と言われたくらい、どこへ行っても放尿のあとがあり、大道にれいれいしく大便が放置され、街を汚くしてはばからない根性は、今日と少しも変らないのだ。日本人ほど美しい風景を毀損《きそん》して平気な奴等はないのだ。見て汚く、悪臭を放ち、目を蔽《おお》いたく鼻をつまみたくなるところも広重が描けば、こよなく美しくなったのだ。

東海道にしろ五十三次の宿場にしろ、それは一言にして言えば猥雑の一語につきるのだ。そういう賤劣《せんれつ》な街道と宿駅すらが版画という芸術によると美化された。その広重さえが「色重」などと変名して稚拙な春画を描いているのだ。

浮世絵師は描かなければならなかったのであろう。その北斎ともある人が、一絵師の身分でありながら、当時、大名をも凌《しの》ぐほど豪奢な生活をし、且つ老中松平楽翁侯の御覚えもめでたかった写山楼谷文晁と並べられて、前将軍家斉公の御鷹狩の帰途とはいえ伝法院で席画を上覧に供したというのも、畢竟、彼が町絵師でありながら在来の浮世絵師とは同一に見られなかった点を買われたがためであろう。

これほど名誉の画家が人もはばかる秘画を、描くことは思いもかけないことだった。

聞くところによると北斎は十九歳（安永七年）、当時、華やかな名声をかち得ていた勝川春章《かつかわしゅんしょう》の門に入った。春章は当時の浮世絵の世界にあって新生面を開き、肉感的な女性を描出して江戸市民の賞讃を博していた。したがって春章が出現して以来、浮世絵は更に一歩前進した感があった。春章の名がしれわたると彼の門には沢山の秀才が集った。十九歳の北斎もまた春章の門を叩いたのであった。

わずか三年にして彼は師の春章から春朗という雅号をあたえられるようになった。おそらく長足の進歩が認められたからであろう。このことは彼に幸福をもたらせはしなかった。同門の弟子らは彼の優遇を彼の才能に帰さないで嫉妬し憎悪した。しかしながら彼が同門に愛せられなかったというのは彼の性癖によると思う。

その狷介《けんかい》な性格は他を容《い》れる余地がなかった。朝から晩まで画業に出精する年少の画家は、ほとんど誰にも毛嫌いされた。どうせ浮世絵師風情の卵などは閑《ひま》さえあると吉原で耽溺《たんでき》した。それを芸術家の特権と心得ていたのだ。

歌麿なども吉原に流連荒亡してはあの淫蕩《いんとう》なまでに幽艶《ゆうえん》な作品を描いていたし、国芳などは家らしい家をなすまでもなく吉原を巣として溺没していたのだ。浮世絵師は彼らの画材が狭斜《きようしや》の巷《ちまた》であればあるほど放蕩にふけった。そういう蕩児ほど頽廃の中から妖《あや》しい美を発見することが出来ると信じこんでいたのだ。

彼らは自分の敵娼《あいかた》をあらゆる角度から描くことによって、画業の真髄を把握したと思っていたのだ。北斎に言わしめると哀れというも愚かなわざで、そういう遊蕩の世界に身をおいて画業への精進はなるものではないと考えていたのだ。

「どうでえ。春朗、吉原へ行かねえか」

「つまらねえから止めまさ」

「ふん。行きもしねえで、つまらねえもねえじゃねえか」

「あんなところで、もてるなんと思って行くのが間違ってますぜ」

「女に欺されるってのも面白えもんさ」

「そうでもないでしょう。誰だって、もてたくて銭をつかってるんだから」

「だからさ。それまでわかってりゃ文句ねえじゃねえか。ふん。誰が赤い蒲団の中の口《く》説《ぜつ》を本気で聞くかってんだよ」

「そりゃ客が嘘をつくから、女郎の方も嘘つかなくちゃ心身がもちませんわ」

「おや、こん畜生。洒落たことぬかしやがるな」

「どうかお気に障ったら堪忍しておくんなさい。あたしは吉原へのおつきあいは御免を蒙ります」

切り口上に断られると同門の画業生等は好い気がしなかった。師の春章さえ門弟の誰彼をつれて吉原の門をくぐった中で、春朗だけは頑として同行しなかった。

そのかわり誰もいない画塾で彼だけが夜遅くまで絵を描いた。

或る日、同門の弟子の一人が紙屑籠の中から紙を破った切れ端を見つけた。

「おやっ。こりゃ狩野派の筆法だッ」

と叫んだ。

弟子等は集ってくると紙屑籠をひっくり返して破り捨てた紙片をつなぎ合せた。すると明らかに北宗風の楼閣山水の一部だ。

「誰だろう。勝川派の中で狩野派の山水まで習ってるのは」

「この筆づかいは春朗だぜ」

「それじゃ彼奴《きやつ》は流派を裏切ってるじゃねえか」

「たしかに背信じゃ」

「殴っちめえ」

十人ほどの弟子等は血相変えて春朗が絵を描いているところに来ると詰めよった。

「なにを描いてるんだ」

「師匠の大首を写しております」

「嘘つけ」

「本当です。見たらわかるでしょう」

皆でのぞき込むと確かに美人の大首の下図だった。

「これはなんでえ」

と継ぎ合せた唐紙をつきつけた。

「なんですか」

「これは手前が描いたんだろう」

「はい。そうです。うまくいきませんでした」

「なんだと。なぜ、狩野派を習うんだ」

「いけませんか」

「狩野派じゃ女を描いても浮世絵だって破門するんだぞ。手前が北宗画を習うのは裏切りじゃねえか」

「そりゃおかしい。わたしが狩野派を習って、なぜ、いけねえんですか」

「自分の流儀だけ守りゃいいんだ。馬鹿」

「そんな馬鹿な話ってありますかい。あたしゃ仏画でも、北宗画でも、南画でも、何でも画法は学ぶべきだと思ってまさ」

「口はばったいことをぬかすな。浮世絵師は何でも彼でも美人画を描いてりゃ間違えはねえのだ」

「そんな狭い量見はねえでしょう。なんのために世間じゃ浮世絵てんです。浮世絵とは森羅万象を描くから浮世という名を冠したんでしょう。あたしゃそう思いますね。狩野派は楼閣山水、神仙、聖人その他には及びません。だから画材につまって人に飽きられて衰えてきたんじゃありませんか。あたしらはそんな能舞台に描くような松しか描けない不自由さからぬけだすために浮世絵に奔《はし》ったんじゃねえんですか」

「百姓、黙れッ」

するとと彼は蛇のように鎌首を持ちあげて睨《にら》み廻した。

「そうでさ、あたしゃ葛飾生れの百姓だ。その百姓の小倅《こせがれ》に言いまくられて恥《はずか》しくありませんか。士君子の絵と言われる南画だって、当節のように侍がなまくらになっちゃ、観賞にたえねえのさ。百姓なればこそ浮世絵が描けるんだ」

「百姓は百姓らしくしろ」

「おっと。あたしゃ葛飾在だからことさら百姓と言ったまでで、根っからの百姓じゃねえんだ。あたしの阿母《や》は米沢藩上杉家から吉良家へ附け人となった小林平八郎という剣術の達人の孫だ。浅野の痩せ浪人の忠義が不憫《ふびん》さに、わざと討たれてやったのだ。お前らとは血が違わあ」

「なにッ。浅野の痩せ浪人だと。こん畜生」

「それに違えねえや。ところもあろうに殿中で刀を抜いて、お家は断絶身は切腹、なんて馬鹿殿様のためにでも、忠義をつくそうてえのは不憫じゃねえか。もっと偉い殿様に忠義をつくしたらよかったにと思えば」

「うるせえ。口数の多い奴じゃ。それッ。殴っちめえ」

同門の仲間から踏む蹴るの制裁を加えられた。彼はどう考えても納得できないのだ。自分の言ったことに間違いがあろうとは思われない。もし彼らのいうがごとく浮世絵師が他流に亙《わた》ることなく、ひたすら自分の世界にだけ沈湎《ちんめん》しているのをもって能事とするならば、浮世絵もまたいずれは老朽し枯渇して衰退してしまう。ところが絵画というものはそんなものではないのだ。他流他派の長所を摂取し、自己の短を補ってこそ進歩も発展もあるのだ。

しかも浮世絵とは、狩野流から派生し、慶長時代初期頃にようやく泰平のきざしが現れるとともに、狩野派を練習した無名の画人らの手によって誕生したのではなかったか。

「おのれッ」

春朗は大暴れに暴れ廻った。

上杉謙信いらいの米沢藩中にあって、とくに吉良上野介の護衛のために派遣された数人の剣客の中で、清水一角とともに人口に膾炙《かいしゃ》される小林平八郎は、当夜、赤穂藩士の三人や五人はたちどころに斬り捨てる腕前だったが、降りつもる雪をおかして吉良邸に乱入した健気な志を想うと、自ら討たれてやることが武士道と見たのだ。

義士らも女子供には手を出さなかったので平八郎の末女も難を遁《のが》れ、後に他家に嫁いで女の子を生んだ。この子が長じて北斎の養母となったのである。彼は平八郎を想って、したたか暴れてやった。けれども多勢に無勢とて袋叩きにされた。

このことが聞えると師匠の勝川春章は他の門下生らを叱らずに、却って春朗を叱責し、破門した。

「へん。なんてえことだ。馬鹿馬鹿しぃ」

春朗という師の一字を頂いた雅号を返上した彼は、煮豆売りをしながら傲然《ごうぜん》と嘯《うそぶ》いていた。浮世絵などというものには伝統はないのだ。これから自分の力量と努力で自分流儀の浮世絵を描けば好い。

おそらく春章は、春朗という弟子はついに最後まで自分の衣鉢を継ぐ者とは思わなかったのではあるまいか。それとも到底この不思議な天才児を理解することが不可能だったかとも思われる。

それから当分の間の彼の苦労は筆舌につくし難いものがあったもののようだ。生活の安定を失った青年は、まるで喪家の犬みたいなものだ。もし彼に絵心という美しい夢がなかったら、恐らく夜盗になるしか生きるすべはなかっただろう。

煮豆を売りながらある日の午《ひる》下り、足はおのずと浅草観音の境内にさしかかっていた。ここばかりは相変らず人が出盛っていて誰も生活に困窮しているように見えないのだ。

仲店には商店がならび、奥山の水茶屋には脂粉の香をまき散らした女等が嬌声をあげており、どこに信心を持っているかわからないような奴らがむらがっていた。

彼は絵馬堂まで来ると煮豆台をおいたまま絵馬を眺めていた。いつかは自分もこの絵馬堂に絵馬を掲げられるだけ自負することが出来る画家になりたいものだと考えた。そこに掲げられた絵馬は、一応、天下に名をあげた画家ばかりだ。したがって筆力は雄渾《ゆうこん》で大きな画面を少しも持てあますところなく処理しているのだ。

浮世絵師らは小手先の器用さを競いあっている。それは版画というものに頼りすぎるからで、その小さな画面に神経をみなぎらせるだけが身上だ。これでは狩野派にも対抗できないではないか。後年、北斎が江戸人の度肝を抜くほどの大作を描いて見せたは、ときの覚悟と決心が結晶したのだ。

「あっ」

そのとき、師匠の勝川春章夫妻が観音堂にお参りしての帰途、そこを通り合せたので彼は声をのんだ。春章は頰冠りしている昔の春朗に気がつかなかった。水茶屋の娘らしい若い女の姿態に興味を抱いたようにしばし立ちどまってから、細君に催促されて行ってしまった。

彼は昔の師匠の後姿を見送りながら、今に春章の名よりも葛飾の百姓の小倅の名の方が残るぞと自分にいい聞かせた。実際そうならなければならないと思った。

彼はいくつ職業を変えたかわからない。北斎の伝記作者もなにもしるすことがないのは、彼が自ら書いたり語ったりしなかったからだ。人間は少しく功成り名とげると、かつての過去の苦辛を語りたがるものだ。それを聞く人は、とかくそれを美談としたがるからだ。

しかしながら苦労などはよく考えると苦労でもなんでもないのだ。飽食暖衣しても自分が苦労と感ずるものだけが本当の苦労で、第三者のみた苦労は苦労のうちに入らない。北斎は煮豆屋の時は能き煮豆屋として徹底したのだ。うまい煮豆を廉《やす》く売ってしかも儲けることがよき煮豆屋なのだ。

その間に彼は住吉内記から土佐派の画法を学び、俵屋宗理からは光琳《こうりん》風の画法を授り、支那画はもとより洋風まで吸収したのはなんのためであろうか。北斎が「板ぼかし」という摺《す》り方を考えだし、墨隈をつかって物体の円味を現すことに成功したが、そういう発明と苦心はそもそもなんのためであろうか。

彼は人体の描写に熱中した。初期浮世絵の時代から菱川師信、さては奥村政信、上方では西川祐信あたりは勿論のこと、師匠の春章でさえその素描となると彼には飽きたらなかった。もっと人体に肉薄し、切実なほどリアルに描写しないことが喰いたりない想いがした。

まして狩野派の人物にいたっては噴飯ものだ。顔が大きく、胴長で一様に脚が短い。

その不恰好な人物を見ると、まさしくこれは神仙の類いでこの世の人間とは思えない。人間離れのした人物画など意味ないではないか。

女を裸にして美しく見える女こそ女の中の女だ。北斎は肩から背へ流れる黒髪、腕毛、あるいは幽《かす》かな陰毛さえが美しく見える女体を描かなければ真正の浮世絵師とは言うにたらないと思っていたのだ。

隼人は絵双紙屋と顔馴染みになると、やっと其所《そこ》の若い番頭が心を許して北斎の秘画を売ってくれた。

「こ。こ。これが北斎へんへいだってがア」

「へえ。そうです」

「嘘だべ」

「どうしてですか。まぎれもない北斎先生のお作でがすよ。この和印は」

「あのへんへいに限って、こしたものを描く筈アねえのす」

「ご冗談を言っちゃいけませんや。先生はたんと描いていらっしゃいますぜ」

「それにしても巧えのう」

隼人はわくわくして秘画に見入った。とりわけ女性の裸体は真に迫って見えた。隼人も下手糞な枕絵は見てしっていた。参覲《さんきん》の道中のつれづれ、同僚の道楽者らは江戸土産として刷りの悪い春画を沢山買いこんで持ったものだ。胴長で脚の短い女体は眼をおお

いたくなるほど醜い。そんなものにくらべるまでもないが北斎の男女は生彩奕々《えきえき》として
いるのだった。
「流石《さすが》にお上手でごわしょう。その筈で」
と若い番頭は耳もとで囁《ささや》いた。
「先生とこのお栄様の内緒話でございますがね。先生ときたらお栄様を裸にして写生な
さるんだそうですね」
「えっ。それ本当だべな」
「だってお栄様が直々おっしゃったんですから本当でござりましょう」
「ふうむ。いや。どうも」
「お栄様は、はなはお厭《いや》だったそうでござんすね。ところが先生のお作のためなら仕方
がねえと観念なすって、思いきって裸におなんなすったんです。それからというものは、
もう、裸になってどんな形をさせられてもなんともなかったてえお話でした」
「だから、これ、女児の身体ア本ものそっくりだものな」
「ところがね。その頃、先生は本所の石原にお住いでしてね」
「津軽屋敷から今ほど遠くねえもんな」
「さいですとも。石原ぐらいなら、あなた様が毎日お通いになったたって苦にゃなりやせ
んが、ああ毎月お引越しじゃ、蕎麦《そば》代だって大変でござんすよ」

「それで」

「あの石原てえところは冬だって蚊のでる蚊の名物の場所でござんしょう。お栄さんが裸になると、蚊の畜生が若い女の血を吸いたくってぶんぶん出て来るんだそうで。しかもそれが夏ときちゃたまりませんや。背中も、ももも、お尻も、足の裏まで蚊が刺すんだそうです。それで痒《かゆ》いからって動くと先生が怒鳴りつけるんですって」

「それだばまるで拷問だねす」

「まったくあのお栄様には頭が下りますよ。南沢等明てえ画家のところにお嫁においでになって、夫婦仲がうまくいかなくって出戻ってからは、まったく先生のために生きていらっしゃると言ってようござんすな。なにしろ二度目の奥さんとお別れになってからの先生は、ご承知のように女を一切近づけないんですからね」

「それでいてこんな絵も」

「さいですよ。それが不思議ってば不思議みてえなお方なんて」

隼人はそれを北斎が試みたのは彼の飽くなき人間探求からでた研究心の結果ではないかと思った。旗本だった柳亭種彦《りゅうていたねひこ》の日記にもしばしば往来した記があるが、ある日の日誌には北斎を訪ねてオランダ十露盤《そろばん》の稽古をした云々という記事がある。北斎はそういうものをも研究してしっていたのだ。

それから毛内隼人は出来るだけ手を廻して北斎の秘画を蒐《あつ》めた。日本秘画中の傑作に数えられる「浪千鳥」大錦横十二枚組を見たときほど感激したことはない。そこに描かれた人間の表情は哀楽の極致を示し、その男女の裸体は一々の敏感な神経をさえ描写していると思われた。そのつぎに手にいれた「絵本ついの雛形」大錦十二枚折帖は見れども見れども飽きることがなかった。

さらに「喜能会之故真通《きのえのこまつ》」半紙本三冊の中の海女《あま》と蛸《たこ》との交悦図にいたって感極りなかった。そうしてこの五十三歳以後から絶対に女人を近づけなかった聖僧のような北斎が、いかに世に生ける人間を愛していたかということを理解した。

この世界に現れた男女は天地の間に生れたままの裸となり、ただたまゆらの悦楽に没入しているのだ。このときほど人間が美しい状態はないのだ。あらゆる邪念を取り去り、ひたすら生きる悦びにひたっている人間ほど美しいものはない。それを北斎は目の前に提示しているのだ。

(これでもか――)

北斎が叫んでいる声が聞えるではないか。一休が諸仏出生の妙門と呼んでいる肉体の門を北斎は端的に図示しているのだ。一休にとっては諸仏出生と感じられるものを、浮世の人は胎内への帰郷を願望し、それへの憧れから発足するのだ。北斎は人間を愛すれば愛するほどこの図柄を描かずにはいられなかったのであろう。今までにわかっている彼の秘画の作品は、この他に「喜能会の故事通」一冊本等数種ある。

万福和合神（半紙本三冊）
和合神（乾坤二冊）
富久寿そう（一冊）
漢楚艶談（半紙本三冊）
手段の玉門（一冊）
寡婦物語手段の玉開（六冊）
倡定逸夜好（中本一冊）
玉加津羅（半紙本三冊）
春色肉臥間（半紙本三冊）
津満かさね（三冊）
志乃婦寿李（三冊）
会本雪月花（三冊）

さらに北斎筆と認めて好いものに「合鏡」大錦横十二枚や、「花合四季詠」中本三冊や、「吾妻にしき絵」小本一冊などを追加することが出来る。

北斎の秘画が浮世絵史上の一大産物であり、したがって言うまでもなくたぐい稀な傑作だということは、当時の多くの秘画は美的感覚を逸脱して極めて煽情的であり、毒々しいほど猥雑なのにくらべて、ほとんど淡彩で処理している点がまず素晴しいのだ。

そればかりではない。彼の描いた男女の表情は、極めて写実的であったために真に迫るものがあり、その画面からあたりをはばからぬ嬉声《きせい》さえ洩れてくる感じがするのだ。徹頭徹尾その描写が写実的だと余情というものが感ぜられないのに、あの北斎の特徴である女の着物のギザギザと縮れた不思議な描線が、彼の秘画をこの世のものでない美的な世界に誘導してゆくのだ。

はじめて北斎の秘画に接する人は、あの奇矯な描線がわずらわしく、そのために彼の作画に上品さを欠くと見る人もあるが、次第に多く見ていくうちに彼の描写が目に見えない雰囲気を描いていることに気がつくのだ。そこからは生臭いような匂いが立ちのぼり、やがて見る人の鼻を擽《くすぐ》るのだ。

やがて六カ月もたった頃、埃にまみれた北斎が帰ってきた。お栄は飛んで出ると旅にやつれた父を詰《なじ》った。

「どこへ行ってたの。お父さん」

その声には、いつものことながら多少は恨みがましい声音が交っていた。半歳も無断で家を空けて、風の便りもなかった留守をまもるお栄としては、あまり上手ではないが自分も肉筆の秘画さえ描いて売ってはその画料で家を支えていたのだ。

「ハハハハ芭蕉の歩いたあとを踏んでいたぜよ」

と笑ったきり。してみると、奥州路をさまよっていたのであろうか。話にだけ聞く奥の細道は東海道などとは比較にならないくらいの険路で定めし難渋したことであろうと思われた。

彼の傑作である「北斎漫画」は文化の年から描きはじめて嘉永にいたり、十三巻という厖大《ぼうだい》なものになり、さらに北斎の死後、明治十一年になって十四篇と十五篇を追加して完結したものだが、その十二篇はとくに好色な作品を集録した。而して第七篇は弁天、名勝奇景、鶴の各部にわたっているが、その扉絵に行き暮れて杖にすがり一本の樹蔭に胡坐した松尾芭蕉の肖像を描いている。それはまさに奥州路を旅した北斎その人の自画像に似ていて、お栄はびっくりしたほどだった。

家に戻った北斎はただちに新居の画室に籠り、携えた写生帖を整理しながらなん枚かの下絵を作った。

「おうい……おうい……」

画室からまた例の癇走った声がする。お栄は、

「あい」

とこたえると多葉粉《たばこ》盆に細い銀の女持ちの煙管《きせる》をぽんとおくと気軽に立って行った。いつも北斎はお栄を呼ぶのに名前を呼ばないで「おうい」と呼びたてる。そのため彼女は画号を応以と称したくらいだ。

「おい。灯を持ってきてくれ」

「はい」

気がつきませんでした、とでも言おうものなら雷が落ちるのだ。崖下の画室は薄暗くなるのも早く昼下りだというのに竹の葉の繁りのためにすっかり暗くなっていた。北斎は鼈甲《べっこう》の老眼鏡をかけ、背を丸くして画稿に見入っていたが、お栄が行燈《あんどん》を持って行くと、

「おい、北馬は来てるかえ」

と質ねた。

「あい。今日も参りましたよ」

「なにしてる」

「やっぱり絵を描いていなさんす」

「そうか。今夜は一杯やって、まだ帰っちゃならねえと言っといてくんな」

「オヤ。なんぞまだご用でも」

「あるから引き留めておけってんだよ」

と、ぶっきら棒に言う。

お栄は茶の間に戻ると、次の間で頻りに絵を描いている蹄斎北馬にその旨を伝えた。

この北馬は御家人の出身と言われ、性、温和で、そのために作品も温潤だった。

すっかり夜になって北馬は絵皿など洗いおさめると、すすめられるままに膳についた。

貧しい食卓だが珍らしく酒までつけてあった。そこへ北斎も出て来て弟子の酌で二三杯傾けた。

「旅疲れもおあんなさるのに、先生、あんまりつめちゃ、お身体に」

と北馬が言いかけるのをぐっと手で押え、

「わかってる。それより歌川派を追んまくれ。広重だって負けちゃいねえぜ」

と怒鳴るように言った。

お栄は父の焦躁がありありとわかった。大歌麿が現れてから浮世絵界は歌川派がしめ、歌川派でないと浮世絵師としては認めてもらえないほどだった。その中で風景画家の広重が異色ある存在として頭角を現してきた。葛飾一家の弟子たちはあまりに凡庸だったのだ。

お栄は自分が男ならと、どれだけ切歯したかしれない。別れた亭主の等明は堤派に属したがついに大成するきざしも見えなかった。姉聟《むこ》の柳川重信も父から離れて行き、昇亭北寿や魚屋北渓があったが、あまりに巨大な父のかげに隠れてかすんで見えるのだ。北斎は自分の道統こそが浮世絵というものだと、あらゆる画風を集大成しようとして苦悶し、そういう大望の前で地団駄を踏んでいるのだ。

(この北馬さんなどは肉筆の方が得意で、版画じゃさっぱりだし——)

腕はあるのに人気が出ないというのは矢張り根性がたりないのかと思う。

「今晩のご用は」

と北馬が恐る恐る伺うと北斎は、

「裸になれ」

と命じた。

「えっ。裸でございますか」

「寒い時節じゃねえ。風邪も引くめえ。裸になってくれ」

父の言葉を聞くとお栄ははっとした。

（まさか北馬さんまで――）

と思ったが北馬は父の命のまますするすると帯を解きはじめた。裸になるとさすがに武家出だけに男らしい身体つきをしている。一糸もまとわぬ北馬の裸の立ち姿を、お栄はまぶしそうに見た。

「よかろう。つぎはお栄だ」

「どうするんです」

「裸になってくれ」

「あたしもですか」

「そうだ」

仕方がない。お栄も博多の昼夜帯をするすると解き、はらりと着ているのを脱ぎすてた。

「おいらの言う通りの恰好してくれやい」

北斎は写生帖を持ってくると、愛用の画筆に墨をふくませた。眼は爛々《らんらん》と輝きなにかしら殺気を想わせる気合がただよう。

北斎は、お栄と北馬を抱きつかせたり、ならべて寝かしたり、いろいろの姿態をとらせながら素早くそれを写生した。

お栄は今までにもなんべんも父のモデルになり、あられもない個所まで仔細に見られて写生された。等明という画家に嫁入ったが、結婚生活を送っても亭主に自分の秘し所まで見られたことはなかった。性生活は必ずしも満足すべきものではなかったが、それだけ味気なかったことは事実だった。

自分も応以と号して父の見よう見まねをして秘画も描いたりしたが、現実にはそれほど強い刺激は感じなかったのだ。夫の等明その人が秘画に対し無理解だったように彼等の性生活はむしろ慎しいものだった。いつの間にか夫婦の仲にひびが入ったが、その大きな原因は父の北斎が娘聟の画業をてんで認めなかったことにもあったのだ。

「なんでえ。ありゃ。餓鬼の描く落書の方が増しだぜ」

と言って嘲笑した。等明の耳にもいつの間にかこのことが聞え、彼は父を次第に憎悪するようになった。仲にたつお栄の気苦労はなみ大抵ではなかった。

さすがに娘のときはそんなこともなかったが、等明と別れて出戻ってくると父の北斎はお栄をまるで試験台に引き据えるようにして裸にした。脂の乗りきった堅肥りのお栄の肉体は眩《まぶ》しいほど美しかった。

「お父っつぁんの眼、怖い……」

お栄は自分の皮膚に灼《や》きつくような父北斎の眼に脅えた。世上の噂では死人の身体を解剖して医術のたしにしているそうだが、和蘭陀《オランダ》医学を学んだ医学者の眼を連想した。彼らの目から見ると、女体の皮膚をひんめくって内部を仔細に観察するのになれ、美というものを超越して、そこにあるものは唯の肉塊にすぎないのではあるまいか。北斎が自分の肉体を見る眼もそれに似ているのではあるまいか。

「なんだか、きまりが悪い」

と北馬が囁いた。

無理もない。立派な画家となっている北馬をいかに弟子とはいいながら裸にして、あられもない恰好をさせるとは残酷といえばこれほど無惨なことはない。それを我慢して（きまりが悪い）と言ったのは、よくせき師匠を想えばこその有難い気持だ。

「すみません」

お栄は自分の身体にまといつく北馬のふるえるような腕や手をなかば意識しながら小さな声で謝った。

「なにを喋《しゃべ》ってるんだ。気が散るぞ」

「あい」

「もっと真剣になれ」

「はい」

「それだから手前たちは絵が上達しねえんだ」

「恐れいります」

「歌麿に負けるな。彼奴は吉原に入り浸りで、華魁《おいらん》を描きあげているんだぞ。自分の掌で妓の身体を撫で、触り、抱いて、それを絵絹の上に写しているのだぞ。それだから情が移り、精神がこもり、手前たちの描くような絵そらごとじゃねえんだ。おれはしかしそんな実験を必要だとは思わない。絵描きてえものは想像だけで好いんだ。想像したものを完全に描き写せれば好いんだ。わかったか」

「はい。わかりました」

　二人は叱られると、いよいよこの閨房《けいぼう》の図は冷たく感じられる。燃焼しろという方が無理で、お栄と北馬とは興ざめてゆくばかりだった。

　北馬も秘画を描いたので、その幾場面かを想い出していた。まして師匠のいくつかの傑作は秘蔵して研究しているが、果して人間は性の営みにあれほど熱中できるものだろうかと思う。

髪をふり乱し、脂汗をたらし、目をつるしあげ、鼻の穴をふくらませ、口を開き、涎《よだれ》をたらたらとたらし、満身の力をこめて相手と抱擁するほど一心不乱になれる人があるだろうか。自分も女体をしらないわけではないので、そういう性の営みにさえ全身全力を集中できないのは、おそらく遊びの気分があるのだろうと思われる。師の北斎の秘画は、まったく生きるか死ぬかの瀬戸際を表現しているのだった。単に肉体と肉体とを接触させるだけであってはならないのだ。もしそれだけならば肉体の一部を、他の肉体へ挿入するという極めて機械的な操作にすぎない。これほど儚《はかな》い行いがあるだろうか。

しかしながら静かな閨房は情感をかきたて、美しい彼女は柔媚な肢態で情緒をただよわせ、色と香と感触によって蓋天《がいてん》蓋地の中で一つのものに融け合うのだ。これが男女の本当の交悦でなければならない。

（おや。こんなに滑らかだ――）

北馬はいつの間にか無意識のうちにお栄の肌を撫でていたらしい。彼の掌はお栄のすべすべとした陶器のような肌を感じていた。お栄はなんといっても師匠の娘なので、冗談にも手を握ったことはないのに、今宵は師匠の目の前で平気で撫で廻していられるのだ。そのたびにお栄の身体は敏感にぴくっと動いた。

「くすぐったい。北馬さんたら」

「ご免なさい」

「じっとしていなさいよ」

「はい。はい」

北馬はともすれば意識がとろけそうになるのだ。北斎は、お栄の性器だけを微細なところまで観察した作品を数十葉も残している。その作品に彼は「北斎拝写」とはっきり落款しているのだ。まさに一筆三礼して写したものに相違ない。これは凡俗な浮世絵師が淫らな想いで女性の陰部を描いたものとは雲泥の差だ。彼は造化の妙を描いたのだ。厳粛な気持で、容易に絵にならない物体の本質を摑むために描いたとしか思われない。そういう北斎なればこそ彼の描く秘画には、閨房の艶めかしさとか、男女の情感の美しさなど微塵も描いてないのだ。

甘美な歌麿の情緒にくらべると、ただ、すさまじい性の営みが迫真力をもって描かれているのだ。成熟した女の性器を精密に描写することによって、甘っちょろい好色の気分をがんと叩きつけているのだ。

後家のお栄は永らく男の肉体に触れなかったので、たとえそれが仮りの姿とはいえ、男女交会のポーズをさせられ、頭がくらくらするほど興奮してしまった。全身にべっとりと汗をかき、その汗は妖しく香気をさえ放つのである。そういうお栄を見ると北馬も師匠の存在を忘れて荒い息を吐き、思わず怒張してくるのであった。

（いけない――いけない――いけない――）

と自分を叱咤《しった》しながらお栄にかじりついている腕に力がこもり、それを見まいとして眼をつぶって堪えていた。

「お栄さん。こんなにしてちゃたまらねえや」

と北馬は囁いた。お栄もこっくりして見せながら、

（取り乱しちゃさげすまれる――）

と歯を喰いしばっていた。まだお栄の方は父の画業を扶《たす》けているのだという意識を支えていたが、北馬の方は男だけに脆《もろ》くも崩れそうになる。

北斎は手燭を点すと北馬の勃起した男根に近々と眼をよせ、抉《えぐ》るような観察で写生をした。彼はそれに洋風な陰影をほどこしたので、たちまちそれは血管に脈を打っているように鮮明に描かれる。

「うむ。うまく描けたぜ」

と北斎は自得するかのごとくつぶやいた。

「もう。よろしゅうござんすか」

北馬は泣くように言った。

「ああ。ご苦労。もう着物をきて好いぜ」

二人は、ぱっと離れると急いで着物を着た。お栄はこのときほど恥しく感じたことはなかった。父の北斎から穴のあくほど自分の性器をのぞかれても、その父の情け容赦も

ない眼を見ると、はっとして羞恥心が飛んでしまうのであった。それなのに今夜に限って、まるで情事の終りのように父の目の前で腰のものから肌襦袢《じゅばん》をつけ、着物を着ている間は座にも堪えられないほど恥しかった。裸になってしまうと薄衣を剝《は》ぐように恥しさが消えていくのに、着物を着たり脱いだりする時の方が恥しいのはなぜであろうか。

北斎がまた画室へ引き返して行った後、二人は茫然として向い合って坐っていた。何だか魂を抜かれたみたいで、生気を喪った男女のように向い合っているのだ。

「お栄さん」

「あい」

「これでなんだか二人の間の垣根が取れちゃったような気がするんだが」

「そうねえ」

「妙なもんだね。お前さんの裸を見ちゃったら、もう、とうから好い仲だったみたいな気がするぜ」

「そうですね。女って奇妙なもので、なにからなにまで見られちゃうと、その人のものになったような気がするんですよ」

「やっぱり」

「はい。恥しいって念がなくなるからでしょうか」

「それに違いないね」

「そんな気持で、このままいましょうよ」

「そうかね」

「二人が本当に好い仲になったって、これ以上のことは滅多にありませんよ」

「それもそうかもしれない」

「あたしゃおとうさんに何も彼も吸い取られちゃった女なんですね」

「なるほど」

「あの仁は吸血鬼みたいなお方ですよ」

北馬は娘のお栄の口からそう聞くと、ぞっとした。たしかにあの師匠の眼は自分の悦楽を犠牲にして物の真相を究めようと気違いになった眼に相違ないと思われる。彼は後年この思い出のために二曲の屛風に等身大の秘画を描き、二人の若き日のモニュマンを遺した。これは現に九州の小さな美しい島に秘蔵されている。

北斎先生が帰られたという噂を絵双紙屋で聞いた毛内隼人は取るものも取り敢えず訪ねて行った。

「あらッ。今朝早く出かけたんでござんすよ」

と応接に出たお栄は、がっかりと落胆して玄関先に坐りこんでしまった隼人を気の毒そうに見つめた。

「またご旅行でしょうか」

「さあ。わかりません。ふっと思い立つと黙って行ってしまう代りに、また風のように戻ってまいりますんで。まるで風に吹かれる落葉みたいでござんすねえ」

「いいえ。落葉なんどじゃねえのす。天狗《てんぐ》さまだねす。飛行自在の天狗さまだオ。あの天狗づものは鞍馬の僧正坊だの、秋葉の半僧坊だの、愛宕の太郎坊だの、筑波や羽黒と一緒に津軽の岩木山の飛白坊など毎日毎夜のように集って剣術の試合や酒盛りするづことですが、へんへいもそれさ行ぐんでねべかねす」

言われてみれば、まさに北斎は天狗の一類に相違ない。死ぬ年を忘れたように旺盛で、もりもりとつぎからつぎへと新分野を開拓してゆくのであった。

秘画の面でも清長や歌麿その他の諸家の作は、それぞれの背景に必ず一つの場景を添えて気分を出しているのに、北斎は黒一色に塗りつぶして絡みあった男女の肢態がくっきりと浮き出すように効果をねらっていた。

北斎の解釈にしたがえば、それがどんな場所も季節もえらばないという訳だ。それならばこの世にあって背景は必要ではないのだ。雪の降りしきる寺の卵塔場であろうと、蚊の渦巻く竹藪であろうと、それは決定的な条件ではないからだ。

後世の批評家は秘画の方法と方向について、歌麿の道を正当とするか北斎の境地を是とするかで論争する余地があると感ずるかもしれない。

歌麿の甘美な情緒はあたかもロココ時代のワトーからブーシェにいたる艶麗典雅なエ

ロティシズムと共通なものがあるのに反して、北斎の迫真する厳しい写実はロダンやピカソの荘重な重圧感にも似ているのだ。

歌麿の女性的な作品に飽くまで対立するものは北斎の男性的な作品で、これは日本秘画史の上で、明確に二つのジャンルとして記憶されなければならないものだ。

人間探求の極致を示すものが秘画である限り、洋の東西を問わずあらゆる画人はこの画題と取り組んでいるのだ。秘画を正視するに堪えないという人は、人生に真正面に向き合うことを怖れる俗人輩だとしらなければならない。

「こらッ。どこさ行くだばッ」

ばらばらと六尺棒を持った御門番の屈強な足軽が数十人、いかめしい黒塗りの御門の前に立ちふさがって棒を斜にかまえた。いざと言えば打ちのめしてくれようという身構えだ。その御門を平気ですたこらと通り抜けようとした一人の老人を見のがす筈がない。

「殿様にお目通りを」

「なんだと。此奴。気違いだべ。その装《なり》で殿様にお目通りだとかや」

「はい、それじゃ何ですかい。わたしの風が粗末だからいけねえとおっしゃるのかね」

「ぷっ。それで上等と言うだか」

「おや。そうかい。それじゃ帰るとしよう。後で叱られねえようにすることだな」

「どした訳だば」

「御藩中の毛内隼人さんが殿様のご用だって、このおいらをなんべも迎えに来なさったから来たまでよ。来たくって来たんじゃねえや」

「あのオ。それだば葛飾北斎先生で」

「おう。その葛飾のド百姓だよ」

「いやア。こりゃ失礼いたしましたじゃ。これを真直においでになって、お玄関さどうぞ」

足軽らは打って変って鄭重《ていちょう》に辞儀をした。もう津軽の藩邸では何カ月も毛内隼人という御近習が北斎先生を訪ねて無駄足を踏んでいることをしっているのだ。

それぱかりではない。津軽十万石の藩士らは故郷への土産には彼の「略画早指南」や「三体画譜」や「漫画」と共に「富嶽三十六景」を珍重したからだ。とりわけ「漫画」には江戸の庶民の職業や生活態度などが如実に描かれてあるので、雪深い故郷の炉辺の語り草にはなによりの記念品だった。そういう北斎には一種の親近感を持っていたので足軽らは突然の来訪にびっくりしてしまった。しかも迎えの毛内隼人もついていなくて独り飄然と十万石の御門を訪れたのだから彼らは取り扱いに困ってしまった。

御門番から玄関へ、それから奥へとすぐ伝えられると、御玄関まで御重役がずらりと出迎えた。大道寺、西館、今などの名門の顔が見えた。

北斎はまるで手を取るようにして導かれて接見の大広間に通った。そこから名代の津軽の大庭園がはるかに見渡せた。泉石の布置は津軽の西海岸のように冷たく美しい。北斎も暫くは目を離せなかった。しばらくすると信順侯が出座になった。

「北斎老か。よう参ってくれたのう」

「折角のお招きにあずかりながらいとう遅参いたしまして恐縮にござります」

「いや。永らく旅をかけていたとやら」

「はい。生来の山水病でござりまして。まことに因果なことでございますが、どこかの名勝奇景を耳にいたしますと、もう、なんとしても見とうなりまして、その場から飛び出す始末であります」

「ほう。山水病とは風流なこと」

信順侯は老来ますます頑固一徹さを加え、まるで渋紙のような額にきざんだ無数の皺に彼のへて来た画の業を見られた。その業病が彼の山水病というゆえんであろうか。風景画家として名をあげてきた広重は、さらに外国人によって一層有名な作家とされた。

津軽侯も広重の名を耳にし、その作品をも見ているが、この風景画家は陸奥のような蕭殺《しょうさつ》たる風光を描くには力量と気魄《きはく》とが足らないと思われた。奥州の風景はこの孤高な北斎でなければならない。

「どうじゃ。北斎老。わしと一緒に一度国入りをせぬか。先生の眼力で津軽の風光を仔細に見てもらいたいものじゃ」

「有難い仰せ」

「津軽富士という岩木山。その裾野にひろがる十万石の沃野《よくや》。鰺ケ沢《あじがさわ》の漁港。あるいは竜飛《たつぴ》の岬。岩木川。碇ケ関《いかりがせき》、大鰐《おおわに》の温泉。八甲田山から十和田湖。人跡未到の山河には鶴《つる》や鷹《たか》が舞い、狼《おおかみ》が吠え、赤髭《ひげ》の山男さえおるそうな。それを描いてもらえまいか」

「殿へお願い」

「なんなりと」

「六曲一双の御屏風をこれへ。直ちに揮毫《きごう》つかまつりたく」

「おう。そうか。それは。それは」

信順侯は気むずかしいと聞いている北斎が、こんなにも気易くこの席で六曲一双という大作を描くなどとは夢にも思っていなかったので驚喜した。

その大広間は直ちに大画室に変った。六枚折り金屏風が二つ、緋毛氈の上に並べられた。

端渓《たんけい》の見事な大硯《すずり》で若い家来が唐墨をおろした。なん種類もの絵筆を北斎は点検した。

いつの間にか御廊下にもはみ出すほど藩邸の男女がつめかけて見物した。

北斎は音羽の護国寺や、名古屋でも、巨大な絵を描いて世人をあっと言わせたが、六曲一双の大屏風は十二枚つづきの金屏風だけに、非凡な手腕でなければ処理することが出来ないのだ。

「一世一代の見ものじゃ。心して拝見し、末代までの語り草にせよ」

と藩侯は並みいる家臣どもに仰《おお》せ聞《き》かせた。

北斎は無心な顔をして墨のおり工合をしらべた。あたりに人なきがごとくだ。

「もう結構で」

墨を磨るのを押えると、片襷《かただすき》になって大きな刷毛のような筆にどっぷりと墨を含ませた。

北斎は右半双から描きはじめた。

刻々と時間が立っていっても誰も咳払いひとつするものがなかった。そこに描かれたものは遠く津軽富士と美称される岩木山を遠景に、はるばるとひろがるその裾野に津軽駒が放牧されている奔放な生態が躍如としているのだ。

北斎と落款すると漸く筆を措いて一礼した。

「野馬群遊之図と題しましょうか」

「おう。見事じゃ」

と信順侯は感激して仰せられてから、

「それにしてもどうして岩木山の姿を存ぜられてか」

「はっ毛内隼人殿がお越しなされてから、飄然と岩木山を見てまいりましたために、意外に手間どりまして」

「やっ。津軽へとな」

「はい。難渋な旅でござりました」

北斎はやっと答えた。

事実それは難渋な旅であった。津軽家と南部家とは、犬猿の間柄なので、迂闊《うかつ》に南部路を辿ることがはばかられた。それゆえに裏日本へ出て秋田をへて津軽に入らなければならなかった。

北斎が芭蕉の歩いた道を歩いたと言ったのはこの故なのだ。

板屋峠を越えて出羽国へ行き、出羽三山へ参り、立石寺では慈覚大師の芳躅《ほうたく》を伏しおがみ、八郎潟を見物し、津軽の碇ケ関の関所をへて御城下弘前へ到ったのだ。

「弘前へ行かれたのう」

「はい。仰せのごとく弘前で宿をとり、岩木山をよく見てまいりました。あの裾野に放たれている駿馬《しゆんめ》ばかりには目を瞠る想いでござりました。なんとも雄大で」

「さもあろう。江戸では見られぬ図じゃ」

「馬もあのような広大なところでは名馬も産れるゆえんで」

「そうじゃ。頼朝公の御愛馬の磨墨は一般に南部駒と言われているが、じつは津軽野で育った名馬よ。生月は薩摩の池田湖畔で産れたそうじゃが、親馬はともに津軽産で、それを薩摩へ売ったのじゃ。馬はなんといっても津軽馬よ」

「そのように拝見仕りました。群馬が颯爽《さつそう》とたて髪を振り乱して疾駆する有様は、絵にも筆にも及びませぬ」

「そっくりそのままの出来栄えよ」

信順侯は大満悦の態だった。これは永い間、津軽家の三つの名物に数えられた。一つは津軽正宗という銘刀、二つには津軽光琳と称せられた紅白梅の二曲一双の屏風。三つには葛飾北斎描く野馬群遊之図だ。

毛内隼人は帰邸してこのことを聞き殿のお褒めの言葉を聞きながら、北斎の好意と画家としての良心に感銘した。たしかに隼人は殿の命を果して重荷をおろしたが、北斎という偉大な画家をしったことを、もっと悦んで好いと思った。

まして毛内隼人という一武人は北斎の秘画をしったことに感激した。この感激の内容を殿様に申し上げても詮ないことなので彼は自分の胸ひとつにおさめておいたが、隼人もまたそれによって生きる悦びを本当に悟ったような気がしたのである。

平賀源内

# 平賀源内捕物帳　萩寺の女

久生十蘭

登場人物：**平賀源内**（ひらが　げんない）

1728（享保13）年生まれ。讃岐高松の人。本草学から蘭学、医学に戯作や発明に至るまであらゆる分野の物事に精通した才人。12歳にして、掛け軸に酒を供えると描かれた天神の顔が赤く染まる「御神酒天神」を製作し周囲を驚かせる。1752（宝暦2）年に長崎へ遊学に行き西洋の新しい文化に触れると、帰郷後には妹に娘婿を取って家督を放棄し、江戸へと向かう。江戸では本草学者として薬品会の開催、戯作や浄瑠璃の発表、エレキテルの発明など華々しい成果を残すが、1779（安永8）年に、大工に自分の設計図を盗まれたと勘違いして酔った勢いで殺してしまい、そのまま獄死する。

---

**久生十蘭**（ひさお　じゅうらん）

1902（明治35）年、北海道函館市生まれ。函館新聞社に勤務しつつ、1926（昭和元）年に処女小説『蠶《かいこ》』を発表。1928（昭和3）年に新聞社を退社して上京。岸田國士に師事。パリでの遊学を経て、1934（昭和9）年に「新青年」でパリ滞在時の経験を元にした「ノンシャラン道中記」の連載を開始、その後も同誌に「黄金遁走曲」「キャラコさん」などを発表した。時代小説の代表作である『顎十郎捕物帳』は二度テレビドラマ化された。1952（昭和27）年に『鈴木主水』で第26回直木賞を受賞。1957（昭和32）年、食道がんのため死去

## 朝景色

薄い靄《もや》の中に、応挙風《おうきよふう》の朱盆《しゆぼん》のような旭《あさひ》がのぼり、いかにもお正月らしいのどかな朝ぼらけ。

出尻伝兵衛《でっちりでんべえ》、またの名を「チャリ敵《がたき》」の伝兵衛ともいう、神田鍋町《なべちよう》の御用聞。

正月の十六日は、俗にいう閻魔《えんま》の斎日《さいじつ》。

商売柄、閻魔参りなどに行く義理はない。

谷中《やなか》の方にチト急な用があって、この朝がけ、出尻をにょこにょこ動《うご》かしながら、上野山内《さんない》の五重の塔の下までやってくると、どこからともなく、

「……おい、伝兵衛、伝兵衛」

チャリ敵の伝兵衛、大して度胸もない癖に、すぐ向《むか》ッ腹《ぱら》をたてる性質だから、たちまち河豚提灯《ふぐちようちん》なりに面《つら》を膨《ふく》らし、

「けッ、なにが伝兵衛、伝兵衛だ。大束《おおたば》な呼び方をしやアがって。……馬鹿にするねえ」

亭々《ていてい》たる並松《なみまつ》の梢に淡雪《あわゆき》の色。

ぐるりと見廻したが、さっぱりと掃き清められた御山内には、人影らしいものもない。

「な、なんだい。……たしかに、伝兵衛、伝兵衛と聞えたようだったが……テヘ、空耳《そらみみ》

か」

ぶつくさ言いながら歩き出そうとすると、また、どこからともなく、

「伝兵衛、伝兵衛……」

あわてて見廻す。やはり、誰《だれ》もいない。

伝兵衛、タジタジとなって、

「おい、止《よ》そうよ。どうしたというんだい、こりゃア……」

麻布の豆狸というのはあるが、御山内にももんじいが出るという話はまだ聞かない。

それにしても朝の五ツ半（九時）、変化《へんげ》の狸のという時刻じゃない。

「嫌だねえ」

ゾクッとして、まとまりのつかない顔で立ち竦《すく》んでいると、

「おい、伝兵衛、ここだ、ここだ」

その声は、どうやら、はるか虚空の方から響いて来るようである。

「うへえ」

五、六歩後へ退って、小手をかざして塔の上の方を見《み》上《あげ》るならば、五重塔の素《す》ッ天辺《てっぺん》、緑青《ろくしょう》のふいた相輪《そうりん》の根元に、青色の角袖《かくそで》の半合羽を着た儒者の質流れのような人物が、左の腕を九輪《りん》に絡みつけ、右手には大きな筒眼鏡を持って、閑興清遊《かんきょうせいゆう》の趣《おもむき》でのんびりとあちらこちらの景色を眺めてござる。

総髪《そうはつ》の先を切った妙な茶筅髪《ちゃせんがみ》。

でっくりと小肥りで、ひどく癖のある怒り肩の塩梅《あんばい》。見違えようたって見違えるはずはない、鍋町と背中合せ、神田白壁町《しらかべちょう》の裏長屋に住んでいる一風変った本草《ほんぞう》、究理の大博士。当節、江戸市中でその名を知らぬものはない、鳩渓《きゅうけい》、平賀源内先生。「医書、儒書会読講釈」の看板を掛け、この方の弟子だけでも凡《およ》そ二百人。諸家《しょけ》の出入やら究理機械の発明、薬草の採集に火浣布《かかんぷ》の製造、と寸暇もない。

秩父《ちちぶ》の御囲《おかこ》い鉱山《やま》から掘り出した炉甘石《ろかんせき》という亜鉛の鉱石、これが荒川の便船で間もなく江戸へ着く。また長崎から取り寄せた伽羅《きゃら》で櫛を梳《す》かせ、その梁《みね》に銀の覆輪《ふくりん》をかけて「源内櫛《げんないぐし》」という名で売出したのが大当りに当って、上《かみ》は田沼様の奥向《おくむき》から下《しも》は水茶屋の女にいたるまで、これでなければ櫛でないというべら棒な流行《はや》りかた。

物産学の泰斗《たいと》で和蘭陀《オランダ》語はぺらぺら。日本で最初の電気機械、「発電箱《エレキテル・セレステ》」を模作するかと思うと、廻転蚊取器《マワストカートル》なんていう恍《とぼ》けたものも発明する。

「物類品隲《ぶつるいひんしつ》」といういうむずかしい博物の本を著わす一方、「放屁論《ほうひろん》」などという飛んでもない戯文《げぶん》も書く。洒落本やら草紙やら、それでも足りずに浄瑠璃本まで手をつける。

例の頓兵衛が出て来る「神霊矢口渡《しんれいやぐちのわたし》」は、豊竹新太夫座元で堺町の外記座《げきざ》にかかり、ちょうど今日が初日で、沸き返るような前景気。まず、ざっとこんなあんばい。

才気縦横、多技多能……、四通《つう》八達《たつ》とでも言いましょうか、江戸始まって以来の奇才と評判される多忙多端《たたん》の源内先生が、明和七年正月十六日の朝ぼらけ、ところもあろうに五重塔の天辺で悠々閑々と筒眼鏡で景色などを眺めてござるなどはちと受取れぬ話。

　もっとも、ちょっとひとの考えつかぬような図外れたことばかり思いつかれる先生のことだから、迂潤に景色を眺めているというのではあるまい、何かそれ相当の変った方《ほう》寸《すん》があられるのだとも察しられるのである。

　呆気にとられ、あんぐり開いた伝兵衛の口に、春の風。

　あふッ、と息を嚥《の》んで、

「先生、……平賀先生、あなたはまア、そんなところで一体何をしていらっしゃるんです」

先生が湯島天神《ゆしまてんじん》から白壁町へ引っ越して以来の馴染なので、伝兵衛は遠慮のない口をきく。先生の方では下らん奴だと思っていられるかして、どんなことを言っても怒ったような顔もしない。

　これでよく御用聞がつとまると思うほど、尻抜けで、気が弱くて、愚図で、とるところもないような男だが、芯は、極《ご》く人《ひと》がよく、何でもかんでも引受けては、年中難儀ばかりしている。寝惚《ねぼけ》先生こと、太田蜀山人《おおたしよくさんじん》のところへ出入して、下手な狂句なども作る。恍けたところがあって、多少の可愛気はある男。

　伝兵衛が背伸びをしながら、金唐声《きんからごえ》でそう叫び掛けたが、先生は遠眼鏡の筒先を廻しながら、閑々《かんかん》と右眄左顧《うべんさこ》していられる。

伝兵衛は、業《ごう》を煮やして、

「実際、あなたの暢気《のんき》にも呆れてしまう。いくらなんだって、正月の十六日に五重塔のてっぺんで、アッケラカンと筒眼鏡などを使っているひとがありますか。そんなところでいつ迄もマゴマゴしていると、鳶《とんび》に眼のくり玉を突ッつかれますぜ。……ねえ、先生、いったい何を見物しているんですってば。……じれってえな、返事ぐらいしてくれたっていいじゃありませんか」

のんびりした声が、虚空から響いて来る。

「わしはいま和蘭陀《オランダ》の方を眺めておるのだて」

「うへえ、そこへ上ると和蘭陀が見えますか」

「ああ、よく見えるな」

「和蘭陀のどういうところが見えます」

「港に沢山《たくさん》船がもやっているところを見ると、どうやらへーぐというところらしいな」

「こいつア驚いた。……するてえと、なんですか、向うもやっぱし正月なんで」

「日柄には変りない。ただし、向うはいま日の暮れ方だ」

「おやおや、妙だねえ。どんなお天気工合です」

「大分《ヒール》に雪《スネエウ》が降っているな」

「蒸籠《せいろ》に脛《すね》が出たたア、何のことですか」

「いや、たんと雪が降っておるというのだ。……おお、美人が一人浜を歩いている」

「えッ、美人が出て来ましたか。いったい、どんなようすをしています」

「高髷《たかまげ》を結って、岡持《おかもち》を下げている」

「和蘭陀にも岡持なんかあるんですか」

「それもそうだな。……これは、チト怪しくなって来た。おやおや、高下駄を穿《は》いて駈け出して行く。おい、伝兵衛、和蘭陀だと思ったら、どうやら、これは洲崎《すさき》あたりの景色らしいな」

「じょ、じょ、冗談じゃない、ひとが真面目になって聞いているのに。……そんな悠長な話をしている場合じゃないんです。……大きな声では言えませんが、実は、今日の朝方、またあったんです」

「またあったというと、……例の口か」

「ええ、そうなんです」

「すると、これで三人目か。チト油断のならぬことになって来たな」

「他人《ひと》のことみたいに言っちゃいけません。あなただって関係《かかりあ》いのあることなんです。ともかく、降りて来てください」

「なんだか知らないが、そういうわけならば、今そこへ行く」

飄逸洒脱《ひょういつしゃだつ》の鳩渓先生、抜け上った額に春の陽を受けながら、相輪に結びつけたかかり綱伝い、後退《うしろさが》りにそろそろと降りて来られる。

## また一人

暮から元日にかけて、しきりに流星があった。

元日が最もはげしく、暮れたばかりの夜空に、さながら幾千百の銀蛇《ぎんだ》が尾をひくように絢爛と流星《りゅうせい》が乱れ散り、約四半時《はんどき》の間、光芒相映《こうぼうあいえい》じてすさまじいほどの光景だった。

また、前の年の秋頃から、時々、浅間山が噴火し、江戸の市中に薄《うっ》すらと灰を降らせるようなこともあったので、旁々《かたがた》、何か天変の起る前兆《まえぶれ》でもあろうかと、恟々《きょうきょう》たるむきも少くなかった。

雪の遅い年で、正月三日の午すぎ初雪が降り、二寸ほど積って止んだ。

根津の太田の原に、不思議な人殺しがあった。

藪下《やぶした》から根津神社へ抜ける広い原に、夏期《なつば》は真菰《まこも》の生いしげる小さな沼がある。その沼の畔《ほとり》から小半町《こはんちょう》ほど離れた原の真中に、十七八の美しい娘が頭の天辺から割りつけられ、血に染まって俯伏せに倒れていた。

何か鋭利な刃物で一挙に斬りつけたものらしく、創口《きずぐち》は脳天から始まって、斜後《ななめうしろ》に後頭部の辺まで及んでいる。細身の刀か、それに類似した薄刃の軽い刃物で斬りつけたものと思われるが、歩いているところを、後からだしぬけに斬りつけたのだとすると、創口の工合から見て、当然、相当長身の者の仕業だと察しられ、長さの割合に創口が深くないのは、あまり膂力《びりよく》すぐれぬ者がやった証拠である。

ただ、創口の一個所に鈍器で撃ったような抉《えぐ》れがある。こんなところを見《み》ると、刃物でやったとばかし思えぬような節もある。しかし、それも、二《ふた》つにわけて考えれば、たやすく解決される。

最初、角のある石のようなもので撃ったが、目的を達することが出来なかったので、今度は細身の刀ででも斬りつけたのにちがいない。撃った創と斬った創が、同じ場所で重り合うようなことは、あまり例のないことであろうが、百に一つぐらいのうち、こんな偶然は考えられぬこともないわけ。

これが、検死の御用医の意見。

まあまあ、一応の筋は通っている。ところで、その下手人は、いったいどこから来た。

雪の上には、殺された娘の差下駄《さしげた》の跡しかない。

沼の縁《ふち》はもとより、一帯の湿地で、かなり天気の続いた後でも、下駄の歯をめり込ますこの太田の原。その上に、ふんわり積んだ春の雪。

三町四方もあるだだっ広い雪の原のうえに、藪下の方から真直に続いている殺された娘の二の字の下駄の跡だけ。その他《ほか》には馬の草鞋《わらんじ》はおろか、犬の足跡さえない。すがれた葭《よし》と真菰の池の岸まで美しいほどの白一色。

ちょうど、雪が降り止んだ頃にこの原へ差しかかったことは、娘の身体に雪が降り積んでいないことによってはっきりとわかる。

すると、下手人は、どこから来て、どんな方法でこの娘を殺したのかということになる。

（するてえと、こりゃア、手傷を負ったままやって来て、いよいよいけなくなってここでぶッくらけえったんじゃありませんかしらん。船弁慶の知盛《とももり》の霊でもあるめえし、抜身を持った幽霊なんてえのは、当今、あんまり聞きませんからねえ）

出尻伝兵衛、したり顔で偉らそうな口をきいたが、この差出口はまるで余計なようなものだった。

仮にそうだとすると、血の痕がずっと藪下の方から続いていなければならぬ筈だが、足跡の上には、紅梅の花びらほどの血も落ちていないのだから手《て》がつけられない。与力の橋爪左内《はしづめさない》にあっさりとやり込められて、伝兵衛、赤面して引き退った。

すったもんだはあったが、結局、どうして殺されたのか判らずじまい。ふしぎなこともあるもんだな。で、チョン。

もっとも、身許の方はすぐわかった。近江屋《おうみや》という伝馬町の木綿問屋の末娘で、初枝《はつえ》という十八になる娘。

源内先生いうところの気憂病《クーフデ・デリフト》。暮から根津の寮に来ていて、寝たり起きたり、ぶらぶらしていた。

ちょうど七ツ頃、雪が止んで、クワッと陽が照り出したのを見て、ちょっと、と言って、行先も告げずに寮を出た。それで、こんな始末になった。

ところで、それから四日おいた同じく正月の八日。こんどは、日暮里《にっぽり》の諏訪神社《すわじんじゃ》の境内で、同じような事件が起きた。

富士見坂《ふじみざか》の上、ちょうど花見寺《はなみでら》の裏山にあたるので、至《いた》って見晴しのいい場所。

この境内に立つと、根岸田圃《ねぎしたんぼ》から三河島村《みかわしまむら》、屏風を立てたような千住《せんじゅ》の榛《はん》の木林。遠くは荒川《あらかわ》、国府台《こうのだい》、筑波山《つくばさん》までひと目で見渡すことが出来る。

やはり、雪のやんだ、クワッと陽のさしかけた天気のいい朝で、時刻は五ツ半頃。

崖っぷちに、夏は納涼場《すずみば》になる葦簀張《よしずば》りの広い縁台があり、そのそばに小さな茶店が出ている。

雪《ゆき》の朝早《あさはや》くなので、まだ参詣の人影もない。やって来たのは、その娘ひとり。納め手拭を御手洗《みたらし》の柱へかけて、社《やしろ》へちょっと拍手《かしわで》をうち、茶屋の婆へ愛想よく声をかけてから、崖っぷちへ行って、雪晴れの空の下にクッキリと浮き出した筑波山の方を眺めていた……。

茶屋の婆が、茶釜の下をのぞいている、ものの二、三分ほどの間に、娘は殺されて雪の上に倒れていた。

日頃、ひよわいお嬢さんだから、雪にでもあたったのかと思って、茶屋の婆が急いで駆け寄って見ると、雪あたりどころか、のぶかく頭を斬りつけられ、アラギの御神木《ごしんぼく》の根元のところに、結ったばかりの路考髷《ろこうまげ》を雪に埋めてあわれなようすをして死んでいた。あッ、という声さえきかなかった。

一方は切り立った崖で、一方はひと目で見渡せる広い境内。雪の上には、ここでも、婆と娘の足跡のほか、押したような痕すらない。

信心深い娘で、毎月八日にきまって手拭を納めに来るので、婆とは顔馴染、素性もよく知っていた。谷中《やなか》の延命院《えんめいいん》の近くに住んでいる八重《やえ》という浪人者の一人娘。

坂下の番屋に気のきいた番衆がいて、駆け込んで来た婆の話をきくと、一緒に飛んで来て、石段の下へ縄を張って参詣の人を喰い止めてしまったので、足跡は、そっくりその時のままになっていた。

創《きず》も、初枝のときと寸分ちがわない。条件もそのまま。従って、わからないことも前に同じ。

駆けつけて来た与力、お手先《てさき》。五里霧中のていでぼんやり引上げて行った。

一度ならともかく、こんなぐあいに引続いて二度までも謎のような事件が起ると、早耳の市中ではそろそろ評判を立てる。尾に鰭《ひれ》がつき、若い娘ばかり十五人も生胆《いきぎも》をぬかれたように言う。

若い娘を持った親達の心配。それよりも、当の娘たちの脅え方がひどい。ちょうど正月興行が蓋をあけたというのに逆上《のぼせ》るほど見たい芝居もがまんして、家にちぢこまっている。

月番《つきばん》の南町奉行所《みなみまちぶぎょうしょ》でも躍気となって、隠密廻《おんみつまわり》、常廻《じょうまわり》はもとよりのこと、目明《めあか》し、下ッ引《したびき》を駆りもよおし、髪結床《かみゆいどこ》、風呂屋、芝居小屋、人集《ひとよ》り場、盛り場に抜目なく入り込ませ、目くじり聴き耳立てて目ぼしい聞込みでもとあせり廻るが、一向、なんの手懸りもない。雲を摑むよう。

てんやわんやのうち、空しく日が経って十六日。

よもやと思っていた係与力《かかりよりき》の耳へ、谷中《やなか》瑞雲寺《ずいうんじ》の閻魔《えんま》堂《どう》のそばで、つい、たった今、また娘がひとり殺《や》られたという急な報せ。ちょうど、閻魔の祭日の当日なので。

そばと言っても境内ではない。瑞雲寺の石塀をへだてた隣りの家。

娘の名はお蔦《つた》。さきの二人と同じく、やはり十八。

浜村屋《はまむらや》という芝居茶屋の二女で、二人に劣らぬ縹緻《きりょう》よし。商売柄になじまぬ躾《しつけ》のいい娘で、この朝も早く起き、昨夜《ゆうべ》の雪が薄すらと残った物干台へ、父親の丹精の植木鉢を運びあげていた。

物干へ上ると、閻魔堂の屋根はすぐ眼の前。気さくなたちだから、植木鉢を棚へ並べながら境内を見下ろして、二階の座敷にいる母親に、大きな声で参詣の人の品さだめをしてきかせていた。

そのうちに、とつぜん声がしなくなり、コソとも動き廻る音が聞えなくなったので、母のお芳《よし》が妙に思って、横手の半蔀《はじとみ》から物干の方を見上げて見ると、お蔦が、膝をつくようにして、雪の上にがっくりと上身をのめらせていた。

物干場から瑞雲寺の石塀までは、大体、五間ほど離れている。そちらへ迫ってゆく屋根もなく、物干の下はすぐ黒板塀を廻した中庭。二つの前例通り、どこを見ても変った足跡などはない。気のきいたつもりのやつが、二階の屋根瓦の上を這い廻ったが、雀が驚いて飛び立っただけで、ここにも、何の消息はなし。

## 空の石

源内先生が、宙乗《ちゅうのり》をしていられる。風鐸《ふうたく》を修繕するだけのためだから、足場といっても歩み板などはついていない、杉丸《すぎまる》を組んだだけの、ごくざっとしたもの。

何しろ、大きな筒眼鏡を持っていられるので、進退の駈引が思うように行かぬらしい。三重のあたりまでモソモソと降りて来たが、そこで、グッと行き詰ってしまった。

足場の横桁が急に間遠になって先生の足が届かない。宙ぶらりんになったまま、しきりに足爪を泳がせていられるが、どうして中々、そんな手近なところに足がかりはないのである。

源内先生は、情けない声をだす。

「おい、伝兵衛。どうも、いかんな。こりゃ、降りられんことになった。なんとかしてくれ」

伝兵衛は、面白そうな顔で見上げながら、無情な返事をする。

「何とか、って。どうすりゃアいいんです」

「上《あが》るも下《お》るも出来んようになった。頼むから助けてくれ」

「本当に降りられないのですか」

「まあ、そうだ」

「そんなら、あっしが助けてあげます。その代りに、一つお願いがあるんです」

「何だ、早く言え」

「あなたのお見込をぶちまけて下さい」

「見込なんか、ない」

「返事がないのは、お嫌なのですか。……嫌なら嫌でもいいよ。頼みを聞いてくれなけりゃア、あっしはこのまま行ってしまうから」

「行くなら行け。そのうちに誰かやってくるだろう。その人に助けて貰うからいい」

「誰も入《い》れません」

「山下の駒止札《こまどめふだ》のところに立っていて、誰《た》れも山内へ入れないようにしてあげます」

「入れんとは、何のことだ」

「馬鹿なことをするな」

「ええ、どうせ馬鹿ですから」

「これは弱った。気が遠くなりそうだ」

「たった一言でいいんです。そうしたら、あっしが上って行って抱きおろしてあげます」

「止むを得ない、話してやる」

伝兵衛は頓狂な声をあげて、

「えッ、じゃア、本当に見込がついているんですか」

「うむ、ついている。……実のところ、今度の『本草会《ほんぞうかい》』の席で披露して、四隣を驚倒させるつもりだったんだが、背に腹はかえられぬからぶちまける」

「勿体ぶっちゃいけません。そらそら、あなたの手が顫えて来ました。早く早く……」

「うむ、これは困った。……一口に言えば、今度の件は、『隕石《アエロリトス》』の仕業なんだ。これだけ言ったら思い当るところがあるだろう」

「いいえ、一向」

「手間のかかるやつだ。……アエロは空、リトスは石。……アエロリトスというのは、つまり、『空の石』ということだ」

「言葉の釈義などはどうでもようござんす。……その、空の石がどうしたというんです」

「判らぬ奴だな。……要するに、空から隕ちて来た石が、あの二人の娘を殺害したのだ」

伝兵衛は、むッとして、

「はぐらかしちゃいけません。そんなところに宙ぶらりんになりながら地口をいうテはないでしょう。真面目なところをきかせて下さい」

「これは怪《け》しからん。究理の問題に於て、この源内が出鱈目《でたらめ》などを言うと思うか」

伝兵衛は、両手で煽ぎたて、

「怒っちゃいけません。……するてえと、それは、本当のことなのですか」

「お前の言種《いいぐさ》ではないが、この寒空に、洒落や冗談で五重塔の天辺で徹夜など出来るものか。夜更けに小雪が降り出して、えらい難儀をした」

「ですからさ、一体そんなところで何をしていらしたんです」

「一晩、塔の上に頑張っていて、つらつらと流星《ながれぼし》を眺めておった」

「流星はいいとして、さっき仰言《おつしや》った空の石というのは何のことです。あっしは、子供の時からずいぶん空を見ていますが、石っころなど見かけたことがありません」

「なるほど、空の石というだけではわかるまい。……実はな、伝兵衛、星と見えるのは、あれは実は大きな岩石のようなものなのだ。石の多いときは隕石といい、鉄が多い時は隕鉄という。しからば、その岩石が、なぜあのような光を発するかといえば、幾千万里と離れたところにある大きな岩の塊が太陽の光を受けて、それでわれわれの眼に輝いて見える。ところで、その星がなぜこの地球の上に隕ちて来るかというに、いったい星なるものは、手っ取り早く言えば、鶏卵の黄味がからざで両端《りょうはし》から吊られると同じく、うまい工合に釣合を保って宙に浮いておる」

「こりゃ驚いた。そいつア、初耳でした」

「うるさい、喋るな。……ところで、何かの動機《はずみ》でそのからざが切れると、否応《いやおう》なしに地面の上に隕ちて来る。お前も覚えがあるだろう、えらい勢いで鉢合せをすると、眼から火が出たという。つまり、その理窟で、そういう厖大なものが、えらい勢いで隕ちて来るのだから、空気の摩擦のために火を発し、隕ちて来る途中で追々に燃え減って、地面に達せぬうちに消滅してしまう。また、地球まで届いたとしても、大方は、極めて小さな無害なものになっているから、あまり誰も気がつかぬ。殊に、人里離れたところや、大海の中に隕ちたものは、誰の眼にもつかずに終ってしまう。しかし、流星の方には、別に遠慮のあるわけではないのだから、あながち、辺鄙《へんぴ》なところや海の中にばかり隕ちるとは限らない。この江戸の真中へ隕ちて来ても一向、差支えないのだ」

「いかにも、それは、そうです」

「西洋に於ても、そういう例はあまりたんとはないが、運悪く行き合わせた人間が、その石のために頭を割られたようなことは無いでもない。甚だ稀有なことだが、今度の場合などは、まさに、それだ。……おい、伝兵衛、もう、これ位で勘弁してくれ。とても、保ち切れなくなった」

「まあまあ、もう少し辛抱しておくんなさい。なるほど、そういう訳だったのか。伺って見ればごもっとも。……雪の上に足跡がなかったという謎も、これでさっぱりと解けます」

と、いって有頂天になって、ひとりで恐悦している。

源内先生は、爪先をぶらぶらさせながら、かぼそい声。

「おい、伝兵衛、おれの方は、どうなるんだ。早くしてくれ、腕がちぎれる」

伝兵衛は、急に腑に落ちぬ顔になって、首をひねっていたが、

「今すぐ行きますが、その前に、もう一言。……ねえ、先生、星ってのは、夜だけのもんでしょう。それが、昼間隕ちて来るッてのはどういうわけなんです」

「この火急の場合に愚《おろか》なことを尋ねてはいかん。星は年がら年中空にあるが、日が暮れぬと、われわれの眼には見えんだけのことだ。隕ちたけりゃ、昼だって隕ちるさ。そういうわしの方も、もう間もなく落ちる。来るなら、早く来てくれ。おれは、まだ大切なことを知っているのだが、助けてくれぬうちは言わぬことにする。……ああ、落ちる落ちる。わしを殺すと玉なしになるぞ！」

## 若女形

源内先生は、何を探すつもりなのか、四ン這いになって浜村屋の物干台の上を這い廻っていられたが、浮かぬ顔をして立ち上ると、

「おい、伝兵衛、どうも、これは違うな」

「えッ」

「さっきの隕石説は取消しだ。……お前のやり方が憎らしいから、これだけは言わぬつもりでいたが、そもそも隕石というものは、一種独特の丸い結晶粒があって、地上の石《いし》塊《くれ》や鉄塊《てつくれ》と直ちに見分けることが出来るものだ。空から隕ちて、ここにいた娘の頭を創つけたものなら、その隕石の破片が必ずここに落ちているべきはずだ。ところが、いくら探しても、それが見当らん」

「ございませんか」

「ないな」

伝兵衛は、たちまちむくれ返って、

「先生、あなたもおひとが悪いですね。いくらあっしが馬鹿正直だからって、真面目な顔をしてかつぐのはひどい」

源内先生は閉口して、

「そう疑い深くっても困るな。わしは決してかついだりしたのじゃない。現に、五重塔の上で空を眺めていると、暁方《あけがた》近くになって夥《おびただ》しい流星があり、そのうちの若干《いくばく》かはたしかに地上まで達したのを見届けたのだから、三日と八日の件は、隕石の仕業だと確信しておったのだ。しかし、それは、わしの考え違いであったらしい。どうも、これは面目ないことになった」

伝兵衛は、泣き出しそうな顔になって、

「先生の面目なんぞはどうだってかまいませんが、これが見込み違いだったとなると、大形《おおぎょう》に番屋中に触れ廻った手前、あっしは引っ込みのつかないことになってしまいます。これはどうも、弱った」

「……どうも、こりゃ星のせいではなかろうと思われる。……それはそうと、伝兵衛、お前、今朝死んだお蔦というここの娘の創も、この前の二人と寸分違《ちが》いはないといったな」

「へえ、そう申しました」

「可笑《おか》しいじゃないか。仮に、隕石だとすると、どういうわけで、そうキチンと頭の真中にばかり隕ちて来るんだ。何故《なにゆえ》に、肩や尻にも隕ちないんだ」

「なるほど、これはチト可笑しい」

「創にしてからがそうだ。お前の言うところでは、深さといい、形といい、だいたい、三つとも符節を合したようになっているという。隕石に、そんな器用な芸当が出来るものか。その場合場合によって、必ず深浅大小《しんせんだいしょう》の差異が出来るはずだ。時には、頭が砕《くだ》けたようなものもあっていいわけだろう」

「へえ」

「それから、もう一つ訝《おか》しいことがある。この前の二人は、余程の浜村屋贔屓とみえて、髪は路考髷に結い、路考茶の着物を着、帯は路考結《むすび》にしていたそうだ。ところで、ここへ来る通りがかりに、お蔦というあの娘が寝かされているところをチラと見かけたが、これもやはり路考髷を結って、路考茶の着物を着、帯を路考結にしている。これは、いったい、どうしたというわけなんだろう。……不思議な死に方をした三人の娘が、揃いも揃って路考づくめ。すると、隕石ってやつは、だいぶと路考贔屓《びいき》とみえるの」

「ごじょうだん」

「久米《くめ》の仙人でもあるまいし、隕石が路考贔屓の娘ばかり選んで隕ちかかるというわけはなかろうじゃないか。だから、これは、隕石などの仕業じゃない。何か、もっと他のことだ」

「すると、いったい……」

源内先生は膠《にべ》もなく、

「それは、わしにもわからん。あとは勝手にやるさ」

「ここで突っ放すのはむごい」

「突っ放すも突っ放さないも、この後は訳はないじゃないか。どっちみち、路考に引っ掛りのあることに違いない。……その方を手繰ってゆけば、かならず何とか目鼻がつく。……おまけついでに言ってやるが、わしの考えるところでは、お蔦という娘の今朝の素振りに何となく腑に落ちぬところがある。……どんな律義な娘か知らないが、正月の朝六ツ半がけ、ようやく陽が昇ったか昇らぬかというちに起き出して、雪の積った物干台へ植木鉢を運び上げるなんてのは、何んとしても、すこし甲斐甲斐し過ぎるじゃないか。……わしには、その辺のところに、何か曰《いわ》くがあるように思われるんだが、いったい、お蔦という娘は、平常《ふだん》もそんなことをやりつけているのかどうか、その辺のところをたずねて見たか」

　伝兵衛は、したり顔で、

「そこに如才はありません。……どんなに躾けがいいといったって、夜更かしが商売の茶屋稼業のことですから、六ツや五ツのと、そんな小ッ早《こばや》く起きるはずはない。……ところが、どうしたわけか、昨夜《ゆうべ》小屋から帰って来ると、たいへんなご機嫌で、滅多にそんなこともしないのに、父親の膳のそばに坐って酌をしたりして、ひとりで浮々していたそうです。……お袋の話じゃ、そわそわ寝返りばかりうち、六ツになるかならぬうちに寝床から跳ね出して、髪を撫でつけたり、帯を締めたり。何をするかと思っているうちに、今度は、梅かなんかの植木鉢を持って物干へ出て行こうとするから、転《ころ》んで怪我でもしてはいけないと、さんざんに止めたそうですが、どうしても聴き入れない……」

「なるほど、その辺のところだと思っていた。……なあ、伝兵衛、たぶん、これは誘われたんだな。恐らく六ツ頃に物干へ上っている約束でも誰かと出来ていたのだろう。……お前は、娘の部屋を探してみたか」

「いかにも、そういうことはありそうだ。ちょっと行って掻き探して来ますから、暫くここに立っていてください」

「冗談いっちゃいかん。わしは腹が減ったからもう帰る。後は、お前が勝手にやったらよかろう」

「まるで、十八番《おはこ》だね。何か言やア、帰る帰る……」

たいして変え栄《ば》えもない顔を、生真面目につくって、

「それまで仰言るんならぶちまけますが、今度の三つの件には、先生も相当の関係があるんですぜ。気になさるといけないと思ったから、このことだけは隠していたんだが。三日と八日と、それから今日。……きてれつな死に方をした、この三人の娘たちはみな源内櫛を挿しているんです」

「それはどうも、怪しからん」

「そんなことを言ったってしようがない。これがパッと評判になって、源内櫛を挿した

娘に限って殺されるなんてえことになったら、わざわざ長崎から伽羅を引き、二階の座敷を木屑だらけにして櫛を梳かせ、何とかこいつを流行らせようというので、一瓢《いっぴょう》を橋渡《わたし》にして、吉原丁字屋《よしわらちょうじや》の雛鶴太夫《ひなづるたゆう》に挿させたまでの苦心の段が水の泡。それやこれやで、ぱったり売れなくなり、千二千と作った櫛がまるっきりフイになる。……そんなことになったら、あなただってお困りでしょう」

「そりゃ困る。そもそも、物産や究理の学問は、儒書をひねくるのとちがって、模型を作ったり、究理実験をしたり、薬品の料《しろ》だけでも並々ならぬ金がいる。そういう費用を捻出しようと思って、あんなものを売出したのだから、その方がばったりいけなくなると、従って、究理実験の途も止まるわけで、わしとしても甚だ迷惑する」

「ですから、他人《ひと》ごとみたいに言ってないで、先生も、いちばん、身をお入れにならないじゃならねえ場合だと思うんです」

源内先生は、あまり機嫌のよくない顔で、空の一方を睨んで突っ立っていられたが、だしぬけに、ひどく急き込《せ》んだ調子で、

「よし、わしも覚悟をきめた。こういう愚なことで、わしが損害を受けるのは、如何にも馬鹿馬鹿しい話だから、わしのやれるだけのことはやってみるつもりだ。伝兵衛、お蔦という娘の部屋はどこだ。わしが行って探してやる」

金唐革《きんからかわ》の文箱《ふばこ》に、大切《だいじ》そうに秘めてあった一通の手紙。浜村屋の屋号透《すか》しの薄葉《うすよう》に、

肉の細い草書《くさが》きで、今朝《こんちょう》、参詣旁々《かたがた》、遠眼なりともお姿を拝見いたしたく、あわれとおぼしめし、六ツ半ごろ、眼にたつところにお立ち出でくだされたく、と書いてある。

源内先生は、ジロリと伝兵衛の顔を振仰いで、

「これで引っかかりだけついたようだな。市村座は今日が初日。もちろん小屋入りをしているだろう。さア、これからすぐ乗込んで行こう。……ことによれば、ことによるぞ」

葺屋町《ふきやちょう》へ入って行くと、向うから坊主頭を光らせながらやって来たのが、浅草茅町《あさくさかやちょう》に住む一瓢という幇間《ほうかん》。源内先生の顔を見るより走り寄って来て、いきなり、両手で煽ぎ立てながら、

「いよウ、これは大先生。いやもう、大人気、大人気。堺町《さかいちょう》の小屋は割れッ返るような騒ぎでげす。手前、早速、馳せ参じて、中段を拝見してまいりましたが、まったくもって敬服尊敬《けいふくそんきょう》の至り。……

『右よ左と附廻《つけまわ》す、琥珀の塵や磁石の針』……琥珀の塵や磁石の針、はいい。大先生のような究理学者でなければ、とても出ない文句。先生のご才筆には、ただただ感涙にむせぶばかり、へえこの通りッ」

ガクリと坊主頭を下げる。

源内先生は、焦れったそうに足踏をしながら、

「それはいい、……それはいいが、一瓢さん、ちとひょんなことになった。売出しの節

は色々とお骨折りをかけたが、どうも馬鹿な破目になって、弱っているところだ。大きな声じゃ言えないが、あの櫛を挿す娘は、みな妙な死方をする」

「先生、威《おど》かしちゃいけません」

「いや、本当の話。その掛合で、これから浜村屋の楽屋へ行くんだが、あなたもどうか一緒に行ってください」

一瓢は、何か思惑ありげに眼を光らせ、

「浜村屋に、何かあったんですか」

「まだ、そんなところまで行っていない。今のところは、ほんの引っ掛りだけなんだが」

「よござんす。どんなことか知らないが、あっしもお供しましょう。役者に女、と、ひと口に言うが、あの路考ッて奴ほど薄情な男はない。いよいよとなったら、あっしも少し言ってやることがあるんです」

源内が先に立って、楽屋口から頭取座の方へ行くと、瀬川菊之丞《せがわきくのじょう》が、傾城揚巻《けいせいあげまき》の扮装《いでたち》で、頭取の横に腰を掛けて出を待っている。

五歳の時、初代路考の養子になり、浜村屋瀬川菊之丞を名乗って、宝暦《ほうれき》六年、二代目を継いで上上吉《じょうじょうきち》に進み、地芸《じげい》と所作をよくして『古今無双《ここんむそう》の艶者《やさもの》』と歌にまでうたわれ、江戸中の女子供の人気を蒐めている水の垂れるような若女形。

源内先生は、大体に於て飾りっ気のないひとだが、こんなことになると、いっそう臆面がない。

薄葉を手に持って、ズイと路考のそばへ寄って行くと、

「路考さん、突然で申訳ないが、この手紙は、あなたがお書きになったのでしょうね」

路考は、何でございましょうか、と言いながら、パッチリを塗った白い手を伸して、それを受取って、ひと目眺めると、どうしたというのか、見る眼も哀れなくらいに血の気をなくし、

「……はい、いかにも。これは、あちきが書いたものに相違ござんせんが、これが、どうしてあなたさまのお手に……」

伝兵衛は、横合いから踏み込んでいって、

「おい、浜村屋さん、これは、たしかにお前さんが書いた手紙に相違ないんだな」

路考は、首を垂れてワナワナと肩を慄わせながら、

「はい、それは、只今もうしあげました」

「おお、そうか。そういうわけなら、浜村屋、気の毒だが、一緒に番屋まで行ってもらおうか」

路考は、伝兵衛に腕を執られながら、花が崩れるように痛々しく身を揉んで、

「どうぞ、お待ち下さいまし」

哀れなようすで伝兵衛の顔を見上げながら、

「なるほど、この手紙はあちきが書きましたものに相違ござんせんけど、それは、もう、今から十年ほども前の話。あちきが若女形の巻頭にのぼり、『お染』や『無間の鐘《かね》』を勤めておりました頃の手紙……」

源内先生は驚いて、

「路考さん、それは本当か」

「なんであちきが嘘など申しましょう。お手先の方もおいでになっていられるので、その場のがれの嘘などついてみても、しょせん、益のないこと。決して、偽わりは申しません」

伝兵衛も呆気にとられて、路考の手を放し、

「今から十年も前というと、お蔦がようやく九つか十歳《とお》の頃。……先生、こりゃ妙なことになりました」

源内先生は、額をおさえて、

「こりゃ、いかんな」

一瓢は、すかさず、

「先生、そこで一句」

源内先生は、苦り切って、

「とても、それどころじゃない。ねえ、一瓢さん、あんたはどう思う。路考さんの話を

疑うわけじゃないが、路考さんが十年前に書いたという古い文《ふみ》が、今朝殺されたお蔦という娘の文箱から出て来た。いくら浜村屋が酔興《すいきょう》でも、九つ十歳《とお》の娘などに色文《いろぶみ》をつけるわけはない」

一瓢は、妙な工合に唇を反らしながら、

「それゃ何ともいえねえ。浜村屋のやり方は端倪《たんげい》すべからずですからなア」

路考の方へ、ジロリと睨みをくれて、

「路考さん、あっしはいつか一度言おうと思っていたんだが、いくら立女形《たておやま》の名代《なだい》のでも、あんたのやり方は少し阿漕《あこぎ》すぎると思うんだ。薄情もいい浮気もいいが、いい加減にしておかないと、いずれ悪い目を見るぜ」

源内先生は、分けて入って、

「おい、一瓢さん、今そんなことを言い出したってしようがない。それどころじゃないんだから、憎まれ口なら後にしてもらおう」

長い顔を、路考の方へ振向けて、

「話はだいたい嚥込《のみこ》んだが、十年前にさる人に、だけじゃ、どうも困る。どういう経緯《いきさつ》で、誰にやった手紙なのか、話していただくわけにはゆきませんか」

路考は、すぐ頷いて、

「大きな顔で申上げられるようなことでもありませんけど、隠していると何かご迷惑があるようですから、何も彼も包まず申上げます。……でも、ここはひとの出入りがはげしいから、むさ苦しいところですが、あちきの部屋までおいで願って……」

源内先生は、頷いて、

「あまり、手間はとらせないつもりだから、じゃ、そういうことにして……」

楽屋部屋へ通ると、路考はしとやかな手つきで煎茶をすすめながら、

「……その年の春、あちきは『さらし三番叟《さんばそう》』の所作だけで身体が暇なものでございますから、日頃ご無沙汰の分もふくめ、方々のお座敷を勤めておりました。そのうち、京都の万里小路《までのこうじ》というお公卿《くげ》のお姫さまの殺手姫《さでひめ》さまというお方にお見知りをいただき、その後二度三度、大音寺《だいおんじ》前の田川《たがわ》屋や三谷橋《さんやばし》の八百善《やおぜん》などでお目にかかっておりました。……そのころお年齢《とし》は二十八で、﨟《ろう》たげなとでも申しましょうか、たいへんに位のあるお顔つきで、おとりなしは極《ご》くお優しいのですが、なんとなく寄りつきにくいようなところもあって、打ちとけた話もたんとはございませんでした」

路考は、茶を一口啜《すす》って、掌《たなごころ》の上で薄手茶碗の糸底《いとぞこ》を廻しながら、

「……そうして二、三度お逢いした後のある朝、いつも供《とも》に連れておいでになる腰元《こしもと》がまいりまして、何とも言わずに置いて行った螺鈿《らでん》の小箱。開けて見ますと、思い掛けない、つけ根から切りはなした蚕《かいこ》のようなふっくらとした白い小指が入っておりました。……この以前も、このようなものをむくつけに送りつけられたことはないでもございま

せんでしたが、いたずらな町家娘《まちやむすめ》とわけがちがい、向《むこう》さまは由《よし》あるお公卿さまのお姫さま。そんなご身分の方が、あちきのような未熟な者をこれほどまでにと思いますと、嬉しさかたじけなさが身に浸《し》みまして、あちきもとり逆上《のぼせ》たようになり、使いや文《ふみ》で、せっせとお誘いいたしたのですが、どうしたものか、お出《い》ではおろか、お返しの文もございませぬ。その頃、殺手姫さまは、金杉稲荷《かなすぎいなり》のある、小石川《こいしかわ》の玄性寺《げんじようじ》わきのお屋敷に住んでいられましたが、今もうし上げたようなわけなので、あちきもたまりかね、玄性寺の塀越しになりと、ひと目お姿を見たく思い、その時差上げたのが先刻《さきほど》の手紙。……参詣旁々《さんけいかたがた》遠眼にお姿を拝見したいから、六ツ半ごろ、眼に立つところにお立ち出でくださるようにと書いて差上げました。……殺手姫さまのお屋敷には、玄性寺寄りに高《たか》殿《どの》がありますので、あちきのつもりでは、そこへお立ちになった姿を拝見しようと思ったのでございました」

聞けば聞くほど意外な話で、源内先生は伝兵衛と眼で頷き合ったのち、

「いや、よくわかりました。それで、その後《のち》、殺手姫さまといわれる方は……」

「……その後、ようやくお眼にかかれるようになり、その時のお話では、わちきのところへしげしげお渡りになったことがお父上さまの耳に入り、手ひどい窮命《きゆうめい》にあって、どうしても出るわけにはゆかなかったということ。その後、お父上さまが京都にお帰りになったので、また元通りにお逢い出来るようになりましたが、人目の関があって、芝居

茶屋の水茶屋のというわけにはまいらなくなり、あちきの方から、日と処をきめて文を差上げ、日暮里《につぽり》の諏訪神社《すわじんじや》の境内や、太田《おおた》が原の真菰《まこも》の池のそばで、はかない逢瀬《おうせ》を続けていたのでございます」

路考は、怯えるように、急に額のあたりを白くして俯向き加減に、

「……どこと、はっきり申上げるわけにはまいりませんが、打ちとけたお話をしている時にも、何かゾッとするような恐ろしい気持に襲われることがあり、以前にも申上げましたが、こちらの胸にじかに迫るような不気味なところもあって、どのようにそれを思うまいとしても、どうすることも出来ません。……いかにもお美しく、たおやかなお方ですがあまりにもお妬《ねた》みの心が強く、心変りがするようなことがあったら、お前も相手の女も決して生かしてはおかぬというようなことを、繰返し繰返し仰せられます。痴話のなんのという段ではなく、顔を蒼白ませて、呪言《のろい》のように言われるのですから、さすがのあちきも恐しくなり、従って心も冷えますから、急に瘧《おこり》が落ちたようになる。三度の文も一度になり、仮病《にせやまい》をこしらえたり旅へ出たり、何とかして遠退《とおの》く算段《さんだん》ばかり。とうとう、ふっつりと縁は切れましたが、それでも、二人が初めて出逢った一月の三日には、この十年の間、欠かさず細々と便りがございます」

源内先生は、ふう、と息をついて、

「これは大した執念だ。……して、その殺手姫さまといわれる方は、どこにどうしてい

られる」

「噂に聞きますとお父上さまのお亡くなりになった後、何かたいへんにご逼迫《ひっぱく》なされ、江戸の北の草深いところに、たった一人で住んでいられるということでございます」

かがし
「どうだ、わかったか」

「へえ、わかりました」

「どんな工合だった。餌取は白状したか」

伝兵衛、この冬空に、額から湯気を立て、

「白状も糞もあるもんですか、いきなり取っ捕まえて否応《いやおう》なし」

「それは、近来にない出来だった」

「止しましょう。先生に褒められると、後がわりい」

「まあ、そう怯えるな。わしだって、たまには褒めることがある。方角はどっちだ」

「田端村《たばたむら》の萩寺《はぎでら》の近く。大きな欅《けやき》の樹のある、小瓦塀《こがわらべい》を廻した家で、行けばすぐわかるんだそうです」

「名前は知れなかったか」

「ご冗談。犬猫の皮を剝いで暮している浅草田圃《あさくさたんぼ》の皮剝餌取に、文字のあるやつなんぞいるものですか」

「それもそうだ。では、早速出かけようか」

「出かけるって、いったい、どこへ」

「わかっているじゃないか、その小瓦塀の家へ行く」

「あっしも、お供するんで」

先生は、例の通り、梅鉢《うめばち》の茶の三つ紋の羽織をせっかちに羽織りながら、

「当り前のことを言うな、お前が行かないでどうする」

「どうも、藪から棒で、あっしには何のことやら……」

「話は途々《みちみち》してやる。……今日は雪晴れのいい天気。まごまごしていると、また一人娘

が死ぬかも知れん」

「えツ、そいつアたいへんだ」

「さあ、来い」

源内先生、いつになくムキな顔で、怒り肩を前のめりにして、大巾に歩いて行く。

伝兵衛は、小走りにその後を行きながら、

「するてえと、何か、たしかなお見込みでも」

「さんざん縮尻《しくじ》ったが、今度こそ、大丈夫」

「大丈夫って、どう大丈夫」

「謎が解けた。……迂闊な話だが、大切《だいじ》のことを見逃したばっかりに、無駄骨を折った。……三日の日も八日の日も、それからまた十六日の日も、いずれも、雪晴れのいい天気だった。ところで、その次の日は、どんよりと曇った日ばかり」

「へい、そうでした」

「つまり、三人の娘は、雪晴れの天気のいい日ばかりに殺されている」

「そのくらいのことはあっしもよく知っております」

「黙って聞いていろ、まだ後があるんだ。ところでその三人の娘はみな源内先生創製するところの梁《みね》に銀の覆輪《ふくりん》をした櫛《くし》を挿《さ》している。……なあ伝兵衛、そういう櫛に日の光がクワッと当るとどういうことになると思う」

「まず、ピカリと光りますな」

「その通り、その通り」

「馬鹿にしちゃアいけません」

「馬鹿にするどころの段じゃない。そこが肝腎なところなんだ。……つまり、それが遠くからの目印になる。……なあ、伝兵衛、足跡を残さずに空から来るものは何んだ」

「鳥でしょう」

源内先生は、大袈裟《おおげさ》に手を拍《う》って、

「偉い！」

伝兵衛は、ぎょっとしたような顔で、

「するてえと……？」

源内先生は、会心のていに頷いて、

「いかにも、その通り。……わしの見込みでは、まず鷹か鷲。……しかし、鷹にはあれほどの臂力《ひりよく》はあるまいから、おそらく鷲だろう」

「うへえ、鳥ぐらいのことは、あっしだって考えますが、その鳥が源内櫛にばかり飛びつくというのはどういうわけです。先生、あなたの贔屓筋《ひいきすじ》というところですか」

「下らんことを言うな。それは、そういう風に馴らしてあるからだ。……ものの本によると、中世紀といってな、西洋の戦国時代に、大鷲を戦争に使ったことがある。『戦鷲《タリーグスハビヒト》』といってな、もっぱら敵を悩ますために用いる。しからば、どういう方法を以って馴らすかといえば、敵方の兜《かぶと》やら鎧《よろい》、そういうものの上に置くのでなければ絶対に餌を喰わせん。殊《こと》に、戦争の始まる前頃になると、五日七日と餌を喰わさずにおいて放すのだから、敵勢の兜や鎧を見ると、勢い猛《もう》に襲いかかって行く。つまり、それと同じ方法で馴らしたものに相違ない」

「でも、あの薄刃《うすば》で斬ったような創《きず》はどうしたもんでしょう。鷲や鷹ならば、爪でグサリと掴みかかるにちがいないから、一つや二つの爪傷ではすみますまい」

「無学な徒と応対していると世話がやけてやり切れない。それくらいのことがわからんでよく御用聞が勤まるな。……言うまでもない、それは、趾《ゆび》をみな縛りつけ、その先に剃刀の刃でも結いつけてあるのさ。趾を縛っておけば、途中で棲《とま》れないから、襲撃をすませると真直に自分の家まで帰ってくるほかはない。つまり、一挙両得というわけだ」

「すると、あの抉《えぐ》れたような痕《あと》は」

「それは、短い外趾《そとゆび》の端が触れた痕だ」

「何のためにそんな手の込んだことを」

源内先生、閉口して、

「いや、くどい男だ。……こないだ路考が言葉尻を濁したが、わしの察するところでは、年に一度、十年がけの手紙というのを鬱陶《うっとう》しがって、無情《すげ》ないことを言ってやったものと見える。その辺の消息は、一瓢がうすうす知っていて、帰りがけにわしにそんな風なことを囁いた。……つまり、この辺が落《おち》なのさ。年に一度の便りに深い思いを晴らしておるのに、それだけのことにまですげないことを言われたとなると、どっちみちおさまりかねる気持になる。いわんや、あのような濃情無比なお姫さまだからただではすまさない。路考が十年前に逢った時、二十八、九といえば、今はもう四十がらみ。自分の頽《たい》勢《せい》にひきかえて路考の方はいまだに万年若衆。江戸中の女子供の憧憬《あこがれ》を一身にあつめているというのだからいかにも口惜《くや》しい。路考を贔屓にする若い女はみな自分の仇だというような気になって理窟に合わぬ妬心《ねたみごころ》から、こんなことを始めたものと思われる。……

それにしても、古い路考の色文を、うまい工合に使い廻して有頂天にさせて戸外《そと》へ引出し、鷲を使って殺《いた》めつけようなんてのは、あまりといえば凄い思いつき。名前の殺手姫というのはいかにも心柄に相応《ふさわ》しい。……今度ばかりは、わしも少々辟易《へきえき》した」

といって、日差を眺め、

「おお、もう四ツか。こりゃ歩いてたんじゃ間に合わない。駕籠《かご》だ、駕籠だ」

多町《たちよう》の辻から駕籠に乗り、六阿弥陀《ろくあみだ》の通りを北へ一町、杉の生垣を廻した萩寺の前へ出た。地境《じざかい》の端から草地になり、その向うに、おどろおどろしいばかりに壊《つい》え崩れた土塀を廻した古屋敷。塀の中から立ち上った大きな欅の樹に、二つ三つ赤い実をつけた烏瓜《からすうり》が繞《から》み上って、風に吹かれて揺れている。

駕籠は萩寺の前で返し、草地を歩いて門の前。

門というのは形ばかり。土壊《つちくい》で土地が沈み、太い門柱が門扉《とびら》をつけたままごろんと寝《ね》転《ころが》っている。小瓦の上には、苔《こけ》が蒼々《あおあお》。夏は飛蝗《ばった》や蜻蛉《とんぼ》の棲家《すみか》になろう、その苔の上に落葉が落ち積んで、どす黒く腐っている。

さて、門の前まで来は来たものの、あまり凄じいようすで、門扉《とびら》を押す気さえしない。

源内先生も、すこしゾクッとした顔で、恐るおそる喰い合せの悪い門扉の隙間から、内部《なか》を覗いていたが、とつぜん、

「おッ！」と、つン抜けるような叫びを上げた。

「伝兵衛、あれを見ろ」

伝兵衛が覗いてみると、葎《むぐら》や真菰などが、わらわらに枯れ残った、荒れはてた広い庭の真中に、路考髷を結い、路考茶の着物に路考結び。前髪に源内櫛を挿した等身大の案山子《かがし》が、生きた人間のようにすんなりと立っている。

庭の奥に、社殿造の、閉め込んだ構えの朽ち腐れた建物がある。屋根の棟に堅魚木《かつおぎ》などのせた、屋敷とも社《やしろ》ともつかぬ家の奥から、銀の鈴でも振るような微妙な音がしたかと思うと、櫺子《れんじ》を押上げて現れて来た、年のころ四十ばかりの病み窶《やつ》れた女。

どこもここも削ぎ取ったようになって、この身体に血が通《かよ》っているのか、蠟石色《ろうせきいろ》に冴《さ》え返り、手足は糸のように痩せているのに、眼ばかりは火がついたように逞ましく光っている。引き結んだ唇は朱の刺青をしたかと思われるほど赤く生々しい。これはもう人間の面相ではない、鬼界《きかい》から覗き出している畜類の顔。

ゾッとするような嫌味な青竹色の着物の袖を胸の前で引き合せ、宙乗りするような異様な足どりで廻廊の欄干のところまで出て来て、欅の梢を見上げながら、低く、一、二度口笛を吹いた。

たちまち、中空《なかぞら》に凄じい翔《かけり》の音が聞え、翼の丈、一間半もあろうかと思われる大鷲が、ゾヨゾヨと尾羽を鳴らしながら舞い降りて来て、むざんに案山子の頭に襲いかかったのである。

この作品集は史実を織り込んでいますが、あくまでフィクションです。作中に同一の名称があった場合でも、実在する人物、団体等とは一切関係ありません。

宝島社文庫

傑作！ 名手達が描いた小説「蔦屋重三郎と仲間たち」
（けっさく！ めいしゅたちがえがいたしょうせつ「つたやじゅうざぶろうとなかまたち」）

2024年11月20日　第1刷発行

著　者　井上ひさし　風野真知雄　国枝史郎　今 東光
笹沢左保　久生十蘭

発行人　関川 誠
発行所　株式会社 宝島社
〒102-8388　東京都千代田区一番町25番地
電話：営業 03(3234)4621／編集 03(3239)0599
https://tkj.jp

印刷・製本　中央精版印刷株式会社


ISBN 978-4-299-05998-7